火盗改めの辻

栄次郎江戸暦9

小杉健治

時代小説

二見時代小説文庫

目次

火盗改めの辻——栄次郎江戸暦9

第一章　東次郎《とうじろう》の秘密

一

　立冬が過ぎ、陽射しは弱くなり、草は枯れ、目に映る風景はひえびえとして物寂しい。だが、峻烈な寒さは身を引き締め、なにごとにも立ち向かって行こうとする気概を与えてくれる。

　矢内栄次郎《やないえいじろう》は本郷の屋敷を出てから湯島の切通しを下り、寒々とした不忍池《しのばずのいけ》や上野の杜《もり》を眺め、三味線堀《しゃみせんぼり》を過ぎて鳥越《とりごえ》神社の近くにある長唄の師匠杵屋吉右衛門《きぬやきちえもん》の自宅にやって来た。

　栄次郎は武士でありながら、杵屋吉栄《きちえい》という三味線の名取名《なとりな》をもらっている。

　まだ、他の弟子は来てないので、栄次郎は真っ先に師匠の前に行った。

「お願いいたします」

師匠と見台《けんだい》をはさんで向き合い、栄次郎は刀の代わりに三味線を構えた。来月、市村座で演奏する予定の長唄の『安宅《あたか》の松』である。

唄い出しは、能『安宅』から借りている。奥州の藤原秀衡《ふじわらひでひら》を頼って山伏姿で旅をする義経《よしつね》主従、その家来の弁慶《べんけい》が安宅の松にやって来て、通りがかりの童ふたりに関所の様子を訊《たず》ねるという内容である。

旅の衣は鈴懸《すずかけ》の　旅の衣は鈴懸の　露けき袖やしおるらん……

師匠の手を見ながら、栄次郎は最後まで弾き終えた。それを何度か浚《さら》ったあとで、

「結構でしょう」

と、師匠が言った。

三味線を置いて、矢内栄次郎は深々と頭を下げた。

「ありがとうございました」

「糸の音に、色気が出て来たようです。これからも精進《しょうじん》なさるように」

師匠は端然として微笑《ほほえ》んだ。

「そのお言葉、ますますの励みになります」

　れっきとした二百石取りの御家人《ごけにん》矢内家の次男であるが、ゆくゆくは武士を捨て、芸の道で生きていきたいと願っている。が、身勝手な真似は許されず、自分が望む生き方をするには大きな障害を乗り越えねばならない。

　もう一度、頭を下げて腰を浮かしかけたとき、

「吉栄さん」

　と、師匠が呼んだ。

　師匠の吉右衛門は横山町《よこやまちょう》の薬種《やくしゅ》問屋の長男である。十八歳で大師匠に弟子入りをし、天賦の才から二十四歳で大師匠の代稽古を勤めるまでになった。芝居町での大芝居の音曲方《おんぎょくかた》は吉右衛門一門が勤めるようになっていた。

　呼びかけたまま、師匠は口にすべきか迷っているように思えた。四十の男盛りであり、渋い風貌に男の色気がある。

　その色気に惚れて、栄次郎は吉右衛門に弟子入りをしたのである。自分もあのような色気のある男になりたい。それが、栄次郎が三味線弾きになろうとしたきっかけだった。

　だが、その師匠の顔が曇っていた。

「師匠。何か屈託《くったく》でもおありですか」

栄次郎は問いかけた。

「じつは吉次郎《きちじろう》さんのことなんです」

「吉次郎さんに何か」

栄次郎はふと不安になった。師匠の表情が曇っていたからだ。最近、兄弟子《でし》である吉次郎と会っていない。

最後に会ったのは先月の市村座《いちむらざ》だった。日本橋葺屋町《ふきやちょう》の市村座に地方《じかた》として出演した。市村咲之丞《さきのじょう》が『越後獅子《えちごじし》』を踊った舞台で、吉次郎が立《たて》三味線、栄次郎が脇《わき》三味線を担った。その舞台が千秋楽《せんしゅうらく》を迎えた以降、会っていない。

「じつは、吉次郎さんはずっと休んでおられるのです」

「えっ、休んでいる?」

覚えずきき返した。珍しいことだ。いや、稽古熱心な吉次郎が稽古を休むなど考えられない。

「半月ほど前に挨拶にお見えになり、一身上の都合によりしばらくお休みしたいと仰《おっしゃ》いました。そろそろ来月の市村座に向けての稽古をはじめたいと思っているのですが……」

師匠は困惑している。

「連絡がとれないのですか」

「そうなのです」

吉次郎は本名を坂本《さかもと》東次郎といい、栄次郎と同じく武士だった。ただ、坂本東次郎は旗本の次男坊らしいということだった。

らしいというのは、東次郎についてほとんど知らないからだ。師匠の家や舞台でいっしょになるときに軽く話す程度でじっくり語り合ったことはない。

それはひと嫌いだからではなく、東次郎は芸以外には興味がないからだ。芸の虫であり、三味線に命をかけているのではないかと思うほどに稽古熱心だった。

そんな東次郎が稽古に来ないということは考えられない。何かがあったのだ。

「お屋敷は？」

「聞いていないのです」

東次郎も父上や母上、兄上などに三味線を弾いていることは隠しているのだ。知られたら反対されるに決まっているからだ。

今は母に知られてしまったが、栄次郎もずっと言わずにきた。どの程度の禄《ろく》をはんでいるかわからないが、東次郎は旗本の伜《せがれ》である。御家人である矢内家とは比べ物にならないくらい、厳しいに違いない。

屋敷の場所を師匠にも教えていないのは、万が一にも知られては困るからであろう。

「吉次郎さんに急を要する知らせがある場合にはどのようになさる手筈《てはず》になっていたのですか」

栄次郎は本郷の屋敷を教えてある。万が一のときには、屋敷に知らせをもらうことになっていた。だが、頻繁に稽古をしに来ているので、そのような事態になったことはない。

「東次郎さんの知り合いの家を聞いてあります。一度も行っていませんが」

師匠は膝を進め、

「吉栄さん。すまないが、ここに行ってみてくれませんか。吉次郎さんが今どうしているのか、それを知りたいのです。他の者に頼むより、吉栄さんのほうがいいと思いましてね」

と、頼んだ。

「わかりました。お引き受けいたします」

もともとひとの難儀を見捨てておけず、すぐに世話を焼き、お節介病と言われている栄次郎である。頼まれたら、断ることはない。ましやて、兄弟子のことである。

「これが、吉次郎さんのお知り合いの方の住まいです」

師匠は懐から紙切れを取り出した。

受け取って広げた。日本橋小舟町《こぶなちょう》一丁目のおみよ方となっている。おみよがどのような女かわからない。

が、栄次郎とて浅草黒船町《くろふねちょう》のお秋《あき》の家に厄介になっている。お秋は元矢内家に女中奉公していた女だ。おみよもそうかもしれない。

「では、さっそく行ってみます」

栄次郎は腰を浮かせた。

「お願いいたします。来月の市村座の舞台のことでとお伝えください」

師匠の前を辞去し、隣りの部屋に行くと、横町の隠居と大工の棟梁が待っていた。

「お先に」

ふたりに挨拶をし、栄次郎は師匠の家を出た。

陽射しは弱々しいが、風がないので暖かい。しかし、東次郎のことを考えると、冷たい風を浴びたようになる。

栄次郎は蔵前から浅草橋御門を抜けた。武士や商人ふうの男、職人、商家の内儀と女中、僧侶に紙屑買いなど、いろいろな人間とすれ違いながら、馬喰町《ばくろちょう》を通る。

吉次郎こと坂本東次郎について、今さらながらに何も知らないことに気づいた。旗本の坂本家についても、父親がどんな役職か知らない。

たまに稽古場で会っても、東次郎は芸のことしか喋らなかった。ただ、稽古に通っていることは家に内密にしていると、栄次郎が言うと、俺もだと東次郎はぽつりと言った。そのとき、旗本の次男坊だと知ったが、それ以上の知識はなかった。

東次郎が稽古に来ないのは来たくても来られない事態が起こったのだろう。屋敷で何かあったのだ。

浜町堀《はまちょうぼり》を越え、栄次郎は小舟町にやって来た。

おみよが住んでいる家は、途中、八百屋の亭主にきいてすぐわかった。女筆指南の看板を出しているという。

女筆は女子用の書道であり、女子に読み書きを教えているのだ。

伊勢町《いせちょう》堀に面しているという。堀には商人の蔵が並んでいるが、その向かい側に女筆指南の看板が出ている小体《こてい》な家が見つかった。

格子造りの小粋な家だ。まだ夕方には間《ま》があったが、きょうは稽古がないのか、静かだった。

栄次郎は格子戸に手をかけた。滑るように開いたので、栄次郎は奥に向かって大きな声で呼びかけた。

「お頼みいたします」

すぐに返事がなく、もう一度呼びかけようとした。

そのとき、ほっぺの赤い娘が出て来た。栄次郎を見て顔を赤らめた。

「おみよさんはいますか」

と、栄次郎はきいた。

「はい、ただいま」

娘は逃げるように奥に引っ込んだ。

栄次郎は細面《ほそおもて》で、高い鼻梁と引き締まった口許は一本筋の通った芯の強さを窺わせる。涼しげな目許やすらりとした体つきからは気品がかんじられるが、それと同じくらいの男の色気のようなものが漂っている。

今の娘がそんな栄次郎に動揺したのか、もともと人見知りするたちだったかはさだかではない。

やがて二十四、五歳の落ち着いた細身の年増《としま》が出て来た。鼻筋が通りきりりとした顔だちだ。やや目はつり上がりぎみだが、落ち着いた雰囲気の女だった。

「おみよですが」

年増が名乗った。

おみよが想像と違って美しい女だったので、栄次郎は少し戸惑った。女筆指南の師匠に若い女は珍しい。改めて、東次郎との関係に思いを巡らせたが、考えるまでもなかった。

「私は杵屋吉右衛門師匠門下《もんか》の矢内栄次郎と申します。坂本東次郎どのに取り次ぎを頼みたくて参りました」

栄次郎はおみよの顔を見つめながら言った。

「東次郎さまの……」

おみよは表情を曇らせたが、

「どうぞ、お上がりください」

と、招《しよう》じた。

「失礼します」

腰から大刀を外し、右手に持ち替えて、栄次郎は部屋に上がった。

四畳半の部屋に通された。客間としても使っている部屋であろう。さっきの娘が手焙りを持って来た。

「ありがとう」

「いえ」

娘は恥じらいながら下がった。

「東次郎どのにお会いしたいので、お取り次ぎを願いたいのですが」

さっそく、栄次郎は切り出した。

「それが……」

おみよは困惑ぎみに口ごもった。

「何か」

「最近、お見えにならないのです」

おみよは寂しそうに答えた。

「何かあったのでしょうか」

「旅に出るというお話でした」

「旅に？」

「はい。最後に来たのは半月ほど前です。そのとき、しばらく旅に出なければならなくなったと申されました」

「では、まだ旅から戻られないということでしょうか」

「いえ、私は旅の話は嘘だと思いました」

おみよはきっぱりと言った。

「嘘？　どうして、そう思われるのですか」

「東次郎さまは嘘をつくとき、とてもすまなそうな目をするんです。正直なお方ですから、嘘がへたなのです」

「なぜ、嘘をつかねばならなかったのでしょうか」

「わかりません」

おみよは俯《うつむ》いた。が、すぐに顔を上げ、

「私に厭《あ》いたのかもしれません」

と、おみよは悲しげな顔をした。

「そんなことはありません。お稽古にも来なくなったのです。ほんとうに旅に出ているのかもしれません」

そうは言ったものの、旅に行くのなら、師匠にそう言うはずだ。一身上の都合によりしばらくお休みしたいと、東次郎は話したのだ。

「失礼ですが、東次郎どのとはどのような間柄《あいだがら》なのですか」

栄次郎は一歩踏み込んだ。

「三年前に、母が亡くなりました。母が使っていた二階の部屋が空いているので、どなたかにお貸ししようとしていたのです。それで、東次郎さまがやって来られ、三味線の稽古をする場所を探していたと仰られて……」

自分の場合と同じだと思った。屋敷で三味線の稽古をするわけにはいかない。栄次郎も、以前に矢内家に女中奉公をしていたお秋の家の二階の一部屋を借りて三味線の稽古をしている。

ただ、違うのはおみよは若く独り身だったことだ。その後、男女の割りない仲になったものと思える。

東次郎はおみよのことをどう思っているのだろうか。

「もしかしたら、いい養子先が決まったのかもしれませんね」

おみよが俯いて言った。

「養子先……」

旗本や御家人の家を継ぐのは長男であり、次男坊、三男坊は養子先を見つけるしか生きる術《すべ》はない。養子に行かなければ、部屋住《へやずみ》のまま一生を終えるしかない。

しかし、東次郎は栄次郎と同じように三味線弾きの世界で生きて行く覚悟だったはずだ。それを捨ててまで、養子に行くとは思えない。

「ありえないと思います」

栄次郎はきっぱりと言った。

「東次郎どのは武士に未練を持っていないはず。三味線とあなたを捨てて、養子に行くことはありえません」

「ほんとうでしょうか」

おみよは青ざめた顔に生気を蘇らせた。

「はい」

決して、おみよを安心させたいために言ったわけではない。東次郎の芸にかける意気込みは半端ではないと思っている。他の弟子とはあまり交わろうとしないのも、芸だけに打ち込んでいるからだ。

そんな東次郎が芸を捨てるわけがない。

「では、どうして来てくれないのでしょうか」

おみよの顔はすぐ悲しげになった。

ほんとうはもっと明るい女なのかもしれない。だが、東次郎の不可解な行動で苦しんでいるのだ。

「半月前に来たとき、東次郎どのに変わった様子はありませんでしたか」

「いえ、特には……」

おみよは首を横に振った。

「ふとした言葉の端々に何か普段と変わったようなことは？」

栄次郎はなおもきいた。

「そういえば、こんなことを言ってました。お酒を呑んでいて、俺が俺であり続けることがこんなに難しいとは、と」

「俺が俺であり続けること……」

やはり、何か屋敷であったのだ。

「東次郎どののお屋敷はどこかわかりますか」

「小川町《おがわまち》だそうです」

「小川町ですね」

おみよに、嘘をついてはいまい。

おみよがいきなり畳に手をついた。

「どうか、東次郎さんの様子を調べてください。東次郎さんの身に何かあったのではないかと思うと、息がつまりそうになります」

苦しそうに訴える。

「わかりました。私も東次郎どのにお会いしたいのです。調べて、お知らせいたします」

おみよの苦しみを少しでも取り除いてやりたくて、栄次郎は必要以上に大きな声で気張って答えた。

「お願いいたします」

おみよは何度も頭を下げた。


その夜、久々に栄次郎は本郷の屋敷に早く帰った。そして、兄の帰宅を待ったが、なかなか帰って来なかった。

母の話では、最近、忙しいらしく、連日兄の帰りは遅いという。

兄栄之進《えいのしん》は御徒目付《おかちめつけ》である。若年寄の支配下で、旗本や御家人を監察する御目付の下で働いている。

兄が帰って来ないので、栄次郎は母に呼ばれた。

母の部屋に行くと、隣りの仏間で母は待っていた。

仏壇の前から離れ、母は栄次郎の前に座った。母は同じ幕臣で幕府勘定衆を勤める家から、亡き父のもとに嫁いできたひとで、気位《きぐらい》が高い。

勘定衆は勘定奉行の下で、幕府領の租税などの財務や関八州《かんはっしゅう》のひとびととの訴訟などの事務を扱う。

　亡き父は、一橋卿の近習番を勤めていた。そのことも、母にとっては誇りのようで、ことあるごとに、母が決まって言う台詞《せりふ》がある。

「二百石取りであっても、矢内家はそなたの父上が一橋卿の近習番を勤めていた御家柄ですぞ。御家に泥を塗るようなことはないように」

そんな母だから、栄次郎が三味線を弾いていると知ったときは嘆き悲しんだ。そのことは、岩井文兵衛《いわいぶんべえ》の仲立ちでどうにか母の機嫌もなおった。

文兵衛は一橋家二代目治済《はるさだ》の用人《ようにん》をしていた男である。治済は十一代将軍家斉《いえなり》の父親である。近習番を務めていた父と文兵衛はいっしょに働いていた仲であった。

しかし、母は三味線弾きになることを認めたわけではない。あくまでも一時期の道楽として寛大な心を示したに過ぎない。

それが証拠には、母は栄次郎のために養子先を文兵衛を通じても探しているのだ。

今夜、呼ばれたのも養子の話ではないかと怖《お》じ気《け》づいた。

「栄次郎どの」

母が気取った声で呼んだ。

「はい」

栄次郎は緊張して答える。

「いつぞや、そなたに頼んでおいた件、どうなりましたか」

「はっ」

栄次郎は返答に窮した。どのことか、わからなかった。問い返すと、母の言葉を無視していたように思われる。

「やはり、そうですか」

母がため息混じりに言った。

栄次郎は必死になんの話か思い出そうとした。だが、頼まれた記憶がない。

「好きな女子でもいるのですか」

「えっ？　いえ、おりません」

栄次郎はあわてて答えた。

「ちゃんと確かめたのですか」

はたと、栄次郎は気づいた。どうやら、兄の縁談のことらしい。

「もう少し時間をください。なんとか説き伏せてごらんにいれますから」

「わかりました。それから、そなたの養子……」

「母上。それは兄上のことが片づきしだいお伺いいたします。どうやら、兄上がお帰りのようです」

兄が帰って来た気配がした。栄次郎はほっとした。

「母上。さっそく兄上と話してみます」

「そうですか。くれぐれも頼みましたよ」

「はい」

栄次郎は逃げるように母の部屋から出た。

もう、五つ（午後八時）をまわっていた。

少し時間を置き、兄が落ち着くのを待ってから、栄次郎は兄の部屋を訪れた。

「兄上、よろしいでしょうか」

襖《ふすま》の外で声をかけた。

「入れ」

中から声がした。

「失礼します」

襖を開け、栄次郎は中に入った。

休む間もなく、兄は窓際にある机に向かっていた。

栄次郎が座るのを見計らったように、兄は机から離れ、向かいに腰を下ろした。

いつも厳《いかめ》しい顔で、ぶすっとしているが、なかなかの遊び人で、場所を変えれば人間が一変し、饒舌《じょうぜつ》で楽しい男になる。もっとも栄次郎はその顔をまだ知らない。

「何か」

兄が催促した。

「今、母上から呼ばれ、例のことをせっつかれました」

「その話ならまたにしてもらおう」

「いえ、違います」

栄次郎は少し膝を進め、

「私の兄弟子の坂本東次郎どののことです。旗本の次男坊ですが、実家がどういう家格であるかきいたことはありません」

「同門の弟子にもうひとり武士がいたことは聞いている。栄次郎のような変わり者が他にもいるのかと呆れたことを覚えている」

兄が素直な気持ちで言ったのか、冗談を言ったのか、眉根を寄せた厳しい顔つきからは判断出来ない。

「東次郎どのは三味線に命を賭けているようなお方でした。決して寡黙なお方ではないのですが、私たちとは芸のこと以外ではほとんど関わりません」

「ほう」

兄は半ば呆れたように感心した。

「ところが、東次郎どのはこの半月以上、稽古場にも顔を見せていないのです。師匠も心配していて……」

栄次郎はおみよのことも話してから、

「おみよさんには、旅に出ると言っていたそうですが、それから半月経ってもなんの音沙汰もないのです」

「うむ」

「さっきも申しましたように、東次郎どののことはまったく知りません。おみよさんから屋敷が小川町にあると聞きましたが、屋敷がどこにあるのか、実家の家格がどれほどで、父親がどういうお方かもわからないのです。まず、そのことを……」

「待て、栄次郎」

兄が制した。

「屋敷が小川町にあるということだな」

何か思いつくことがあったのか、兄は確かめた。

「そうです。何か」

栄次郎は期待して兄の顔を見た。

「作事《さくじ》奉行の坂本東蔵《とうぞう》どのかもしれぬな」

兄は目を細めて言った。

「作事奉行ですって」

作事奉行は殿舎、社寺などの築造や修繕を司《つかさど》る役目だ。

「確か、半年前に作事奉行に就任したはずだ。今後、何年間か無事に勤め上げれば、その後は大目付か町奉行、あるいは勘定奉行への道が開ける。それほどの役職だ。現に今の勘定奉行の大井《おおい》和泉守《いずみのかみ》さまは、前の作事奉行だ」

兄は説明した。

「坂本さまの評判はよろしいのですか」

「なかかな高潔なお方と聞いている。嫡男は東太郎《とうたろう》。他に子どもは男がふたりに女が三人。ひょっとして東次郎は次男坊かもしれぬ」

そういう家柄の中で芸の道を目指すのは、相当な障害があるに違いない。東次郎はあえてそのことに挑んでいるのだ。

だが、そのことで何か東次郎は困った問題に直面したとも考えられる。

「坂本さまに関わることで何かあったとは聞いていないのですね」

栄次郎は確かめた。

「聞いてない。私が知っているのはそこまでだ」

「いえ、助かりました。なにひとつ、知らなかったものですから」

栄次郎は礼を述べた。

「それにしても東次郎どのはどうしたのであろうか。嫡男の東太郎どのに何かあったわけではあるまいが」

東太郎が病気に罹り、東次郎が兄に代わって家を継がなければならなくなったということも考えられなくはない。しかし、そうだとしたら、師匠にははっきりそう告げるはずだ。では、東次郎自身が病気になったのか。病気を押して、師匠に休むことを告げに行ったのか。今は寝込んでいて、連絡が出来ないのだろうか。

「明日、小川町のお屋敷に訪ねてみます」

栄次郎は不安を押さえて言った。

東次郎の件は片づいたので、

「兄上。母上の件ですが」

と、話を持ち出した。

「その話は後日としよう。少し、調べ物がある」

兄は逃げた。

「わかりました。では、これで失礼します」

栄次郎が腰を浮かせると、

「母上によしなにな」

と、兄は哀願するように言った。

兄は亡き父に似て、いつも難しそうな顔をしており、朴念仁《ぼくねんじん》のように見えるが、じつは案外と砕《くだ》けた人間だった。

義姉が亡くなってからずっと塞《ふさ》ぎ込んでいる兄を強引に深川永代寺《えいたいじ》裏にある『一よし』という遊女屋に連れて行ったら、すっかりやみつきになってしまった。

目当ての女に会うだけでなく、見世の女たちを集めて笑わせたりしているのだ。嫁をもらったら、そういう遊びが出来ない。だから、もうしばらく、嫁をもらいたくないのだろう。

「兄上。任せてください」

兄を安心させるように言った。

兄は硬軟併せ持った人間だから、栄次郎の三味線弾きになりたいという気持ちを理解してくれている。そんな兄のためなら、栄次郎はなんでもやってやろうと思っていた。

二

翌日は一転して冷たい風が吹き、寒い日だった。

栄次郎は小川町にある坂本東蔵の屋敷にやって来た。周囲も旗本屋敷が並んでいる。

坂本家は一千八百石の旗本であり、長屋門の大きな屋敷だ。栄次郎は表門に近づき、羽織姿の両刀を差した門番に声をかけた。

「私は矢内栄次郎と申します。東次郎さまにお会いしたのですが、お取り次ぎ願えませんでしょうか」

がっしりした体つきの門番は栄次郎をうろんげな目で眺め、

「東次郎さまはただいま旅に出ておられ、当屋敷にはおられません」

と、突慳貪《つっけんどん》に言った。

「旅？　旅はどちらへ？」

栄次郎は意外に思った。

「聞いてはおりもうさん」

「いつ、お帰りに?」

「我らの知るところではない」

門番はうるさそうに言う。

「では、ご用人さまにお目通りを」

「お会いにならぬ。お帰りなされよ」

「東次郎さまとは親しくさせていただいている者、どうかご用人さまに」

「どうぞ、お引き取りを」

もうひとりの色の浅黒い門番が冷たく言った。

もう一度、頼んでみようかと思ったが、門番は扉の内側に消えてしまった。これ以上、粘っても無駄のようだ。

「また、出直します」

門番に聞こえるように言い、栄次郎は虚しく引き上げた。

ほんとうに、東次郎は旅に出ているのか。いや、旅なら師匠にもそう告げたはずだ。東次郎に面会の者は、旅に出ていると言って追い返せとでも、命じられているのではないかという疑心を持った。

なんのために、そんな嘘を言わねばならないのか。東次郎はいったい屋敷で何をしているのか。

途中、栄次郎は振り返った。大きな屋敷の中に、東次郎はいないのか。ほんとうに旅に出ているのか。

武家地を抜けて、栄次郎は神田川に出た。今にも冷たい雨が降りだしそうだ。土手の柳も縮こまっていた。

栄次郎は昌平橋《しょうへいばし》を渡った。すれ違うひとも背を丸め、寒そうに歩いていた。橋を渡り、そのまま明神下《みょうじんした》に向かった。

新八《しんぱち》の住んでいる裏長屋木戸を入って行く。ふだんは小間物の行商をしているが、新八は何かことがあると御徒目付の兄の手足となって働く。

新八の家の腰高障子を開けた。呼びかけるまでもなく、新八の姿がないことがわかった。もう出かけたのかと落胆していると、背後にひとの気配がした。

「栄次郎さんじゃありませんか」

栄次郎は振り返った。

「ああ、よかった。仕事でもう出かけたのかと思いました」

「ちと大家さんに呼ばれましてね」

新八は部屋に上がった。

「いえ。じつは隣りに喜助《きすけ》さんというひとが引っ越して来ましてね。深川の材木屋で下働きをしていたそうです。お店に押込みが入り、主人夫婦と番頭が殺されたそうです。それで、お店をやめて、浅草のほうの長屋に越した。ところが、喜助さんはときたま夜中にうなされるんです。それも大仰《おおぎょう》なうなされようでね。他の住人から苦情が出ていられなくなり、ここに越して来たそうなんです。で、私の隣りに住むようになったんです。十日ほど経ったんですが、大家さんが様子を聞かせてくれというので、行って来たってわけです」

「大家さんが何か」

新八が経緯を話した。

「で、そんなにすごいうなされようなのですか」

「ええ。正直、私も最初はびっくりしました。主人夫婦が殺されるのを見ていたらしく、そのときの光景が蘇るんでしょう。悲鳴ですよ、ほとんど。今は馴れましたから、大家さんには私はだいじょうぶだと答えました」

「たいへんな思いをしたんですね。今、喜助さんは?」

栄次郎は隣りの様子を窺った。静かだった。

「口入れ屋に行っているんでしょう。仕事をしなくてはなりませんからね」

新八は同情するように言った。喜助は三十半ばだという。

「それより、栄次郎さん。何か用ではないんですかえ」

新八が気がついたように言った。

「ええ。じつは吉次郎さんのことで」

栄次郎は口にした。

「吉次郎さん？　坂本東次郎さまですね」

新八は顔色を変えた。

「吉次郎さんに何かあったんですかえ」

「ここ半月ばかり、稽古に来ていないのです。師匠からそのことを聞いてびっくりしました」

おみよに会ったことから屋敷まで東次郎に会いに行ったことまで、栄次郎はつぶさに話した。

新八は聞き終えてから、

「やはり、吉次郎さんに何かあったようですね」

と、表情を曇らせた。

「確かに、おみよさんにも旅に行くと告げていますが、私は旅に出たとは思えないのです。ほんとうに旅に出たのなら師匠にもそう言っていたはずです」

栄次郎は自分の考えを告げた。

「もう半月以上経つんですね。旅じゃないとしたら、何が考えられるんでしょうか」

新八は首を傾げた。

「おみよさんは、どこかに養子に行くことになったのではないかと心配していましたが、それだったら師匠に正式に挨拶があるはずです。それに、三味線を捨ててまで、養子に行くとは思えません」

「そうですね。人一倍芸には熱心なお方でしたから」

「私が心配しているのは床《とこ》に伏しているのではないかということです。しばらく静養すれば回復すると思っていたが、なかなか回復しない。そうでないことを祈っているのですが……」

栄次郎は改めて口にした。

「新八さん、お願いというのは」

「わかっています。屋敷に忍んで東次郎さんの様子を見て来いというのですね」

新八は最後まで言わせずに先に口にした。

「ええ」

栄次郎のことはなんでもわかっていますという顔つきの新八に、栄次郎は苦笑するしかなかった。

相模《さがみ》の大金持ちの子で、江戸に浄瑠璃《じょうるり》を習いに来ていると言っていたが、新八は実際は豪商の屋敷や大名屋敷、富裕な旗本屋敷を専門に狙う盗人《ぬすっと》だった。

武家屋敷への盗みに失敗して追手に追われたところを助けてやったことから、栄次郎は新八と親しくなった。

その後、盗っ人であることがばれて八丁堀から追われる身になった。

ある旗本屋敷に忍び込んだとき、旗本の当主が女中を手込《てご》めにしようとしているのを天井裏から見て、義侠心から女を助けた。そのことで、足がついてしまったのだ。

だが、栄次郎の兄の栄之進が自分の手下にして、新八を助けたという経緯があった。

「盗人の真似をさせるのは心苦しいのですが」

足を洗った新八に旗本屋敷に忍び込めと頼んでいることに忸怩《じくじ》たる思いがあった。

「なあに、盗みを働くわけではありませんから」

新八は微笑んでから言った。

「さっそく、今夜、忍んでみます」

その夜、五つ半（午後九時）過ぎ、栄次郎と新八は坂本家の屋敷の裏手に来ていた。月は雲間に消え、辺りは闇に包まれている。

黒の着物を尻端折《しりはしょ》りし、黒い布で頬被りをした新八は、栄次郎に軽く会釈をしてから屋敷の塀に飛び移った。

雲が切れると星が見えるが、月は隠れたままだ。新八が出て来るまで長い時間が経過したように思えた。

提灯《ちょうちん》の明かりが近付いて来た。栄次郎は壁際の闇に身を隠した。提灯の明かりは斜め向かいの屋敷の脇門に消えて行った。

それからさらに時間が経過した。すでに、四つ（午後十時）は過ぎている。すっかりひと通りも絶え、犬の遠吠えがどこかから聞こえた。

微かな気配に、栄次郎は塀の上に目をやった。黒い影が地べたに飛び下りた。新八だった。

「どうでしたか」

待ちかねてきいた。

「いません」

新八がきっぱりと言った。

「いない？」

「ええ、どこにも東次郎さんはいません。病人がいるような気配はありません。ただ、長屋のほうは調べていませんが」

「長屋にいるとは思えません」

家来が寝起きする長屋にいるとは思えない。やはり、東次郎はこの屋敷にいないと考えたほうがよさそうだ。

外出していて、これから帰って来るのか。しかし、それなら病気ではないということになるが……。

どこか別の場所で養生《ようじょう》しているということはないのか。そうだとしたら、家人にきかなければわからない。

「ともかく、引き上げましょう」

辺りを見回し、栄次郎は歩きだした。

神田川に出て、水道橋を渡った。

「新八さん。もう町木戸は閉まっているでしょう。私の屋敷に来ませんか」

栄次郎は自分の屋敷に新八を泊めようとした。

「いいえ、武家地から神田明神の境内を抜けて行けば町木戸を通らず長屋に辿り着けるんです。一度だけ、塀を乗り越えなければなりませんが」

新八は余裕を見せた。

が、すぐ真顔になって、

「栄次郎さん。出養生をしているってことは考えられませんか」

と、新八がきいた。

「ええ。私もその可能性を考えたのですが。もし、そうなら、養生先は家人にきかなければわかりません。でも、教えてくれないでしょう」

ただ、重たい病気なら、その兆候はあったはずだ。顔色が悪いとか痩せてきたとか。少なくとも半月ちょっと前までは、誰も気づかなかった。

やはり、病気とは考えられない。

栄次郎はそのことを言ってから、

「明日、もう一度小舟町に行っておみよさんに病気の兆候がなかったか確かめてみます」

と、言った。

「あっしは朝から屋敷の様子を窺ってみますよ。屋敷の人間の顔色から何かわかるかもしれませんから」

「すみませんね。よけいなことに巻き込んでしまって」

「いやですぜ。こんなことはお安い御用です」

「ありがとう。では、夕方にお秋さんの家で会いませんか」

「わかりました。じゃあ、あっしはこのまままっすぐ行きますので」

神田川沿いをまっすぐ行く新八と別れ、栄次郎は武家地に入った。辻番所の提灯の明かりが寂しそうに灯っていた。


翌日、栄次郎はおみよの家に行った。

弟子が来ていた。女子ばかりだ。だが、稽古がはじまる前なので、少しぐらいならいいと、おみよが言った。

部屋に上がらず、栄次郎は土間に立ったままおみよにきいた。

「念のためにお訊ねするのですが、東次郎どのはお体がどこか悪そうだったとか、咳をしていたとか、そういうことはありませんでしたか」

「いいえ、ありません。とても、丈夫なお方でした」

おみよは眉根を寄せて曇った表情で答えた。

「そうですね」

もし、おみよが気づいたなら吉右衛門も気づいたはずだ。やはり、病気の線はないようだ。

「東次郎さまにはお会い出来なかったのですか」

「お屋敷にはいないようです。やはり、旅に出ているのかもしれません。門番もそう言ってました」

「そうでしょうか」

おみよは小首を傾げ、不審そうな顔をした。旅に出たとは信じていないようだ。

「旅に出るというのは偽りだったと思います。行き先も、目的地も曖昧でしたから」

「そうかもしれません。もう少し、調べてみます」

そう言い、栄次郎はおみよの家を辞去した。

きょうは青空が広がっているが、冷たい北風が吹きつけて、行き交うひとも寒そうに体を丸めていた。

途中渡った浜町堀の水は凍《い》てついたように流れを止めていた。今年は、例年に比べ、寒さが厳しいようだった。

浅草橋御門を抜け、栄次郎は元鳥越の師匠の家に向かった。

きょうは師匠の出稽古の日だが、出かけるのは午後からだ。今なら、まだ家にいるはずだと、栄次郎は急ぎ足になった。

元鳥越町の師匠の家に行くと、内弟子がすぐに招じてくれた。

栄次郎は師匠と差し向かいになってから、

「吉次郎さんに会えませんでした」

と切り出し、これまでの経緯を話した。

「屋敷にもいないようです」

「どうしたのでしょうか」

師匠は困惑した顔になった。

「吉次郎さんが体の具合が悪そうだということはありませんでしたか」

栄次郎は確かめた。

「いえ、それはありません。顔色もよく、咳ひとつしたことはありません。それに、病気なら、私に隠す必要はありません」

病気ということは考えられないと、師匠も言った。

「ですが、屋敷にいないというのはどうしたのでしょうか」

師匠は小首を傾げた。

「おみよさんには旅に出ると話していたそうです。門番も旅に出ていると言っていました。でも、旅に出たとは思えません。それなら、師匠にも話したはずです」

「でも、それが口実なら、私にも旅に出ると話してもいいように思えますが」

師匠が当然な疑問を口にした。

「おそらく、師匠に言えば、どちらまでときかれると思ったのではないでしょうか。そのとき、さらに嘘をつかねばなりません。吉次郎さんは、師匠に嘘をつくことが出来なかった。だから、はっきりわけを言わなかったのだと思います」

師匠は湯呑みを手にした。

一口すすって喉を潤してから、

「そうですか。私には嘘をつけないからですか」

と、師匠はしんみりと言った。

「ええ、ひょっとしたら、大きな秘密を抱えていたのかもしれません。決して口外出来ないことのような気がします」

栄次郎は自分の想像を口にした。

「いったい。なんでしょうか」

師匠は深刻そうな顔で言う。

「わかりません。吉次郎さんは三味線が大好きでした。その三味線の稽古を休まざるを得ないほどのことと言ったら、やはり御家に関わる大事があったとしか考えられません」

「そうでしょうね」

「そのあたりのことを調べてみます」

もし、そうなら、力になってやりたいと思うのだ。いずれにしろ、東次郎はいま難局に直面しているのではないか。

同じ部屋住の者として、東次郎のことは他人《ひと》ごとではなかった。屋敷に何か問題が起きて、東次郎は三味線の稽古どころではなくなったのかもしれない。その問題は、場合によっては矢内家にも起こり得ることかもしれない。

師匠の家を出てから、ふと思いついて、蔵前の札差《ふださし》『大和屋《やまとや》』に向かった。

大和屋庄左衛門《しょうざえもん》は自分の家に舞台を設《しつら》えている。月に一度、素人芝居を楽しむほどの芝居好きで、吉右衛門一門も舞台で演奏することが多い。

大和屋は東次郎ともよく知っており、札差という商売柄、旗本・御家人との交流もあり、坂本家について何か噂を聞いているかもしれないと思ったのだ。

浅草のほうから流れている新堀川《しんぼりがわ》を渡り、森田町にある『大和屋』にやって来た。

家人用の出入口の前に立ち、戸を開けて奥に向かって呼びかけた。すぐに、顔なじみの女中が出て来た。

「まあ、栄次郎さま。お久し振りです。お元気そうで。少々、お待ちください」

ひとりで喋って奥に向かった。

栄次郎は大刀を外し、右手に持ち替えて待った。

女中が戻って来て、

「どうぞ」

と、招じた。

「すみません」

栄次郎が上がって、女中の案内で客間に向かった。途中、庭越しに舞台が見えた。大和屋は、素人芝居だけでなく、ほんものの歌舞伎役者を招いて芝居を楽しむこともある。

客間で待っていると、大和屋がやって来た。裏地の派手な羽織を着ている。

「また突然、お邪魔して申し訳ございません」

栄次郎は非礼を謝した。

前回も、別の用事で訪れた。それだけ、大和屋は顔が広いということだ。

「なんの。で、きょうはどのようなことで？」

大和屋は目を細めてきいた。

「吉次郎さん、いえ坂本東次郎さんのことで」

栄次郎は切り出した。

「東次郎さまに何か」

大和屋は笑みを引っ込めた。

「半月以上前から稽古をお休みしているのです。その後、なんの連絡もなく、師匠から頼まれ東次郎さんに会いに行ったのです。が、お屋敷にはいないようです」

栄次郎はこれまでの経緯を語ってから、

「坂本どのの屋敷に関して何か噂でも聞いていないのかと思いまして」

と、大和屋の顔を見つめた。

「いえ。聞いておりません。確か、お父上は作事奉行の坂本東蔵さまでございますね」

「はい」

さすが、大和屋は知っていた。

「坂本さまは清廉潔白で、何かと業者からの誘惑の多いお役目に打ってつけのお方という評判でございます。跡継ぎの東太郎さまもお父上に似た人柄で評判はよいようです」

大和屋は東次郎の父親と兄を褒めたたえてから、

「私が聞いているのはそのぐらいのことです」

「特に変わったことは耳に入ってはいないのですね」

「私は聞いておりません」

大和屋ははっきり答えてから、

「何かあったとお考えなのですか」

と、逆にきいた。

「はい。東次郎さんがお稽古に来ないのはよほどのことがあったからに違いありません」

「でも、まだ半月だというお話ですが」

「三味線弾きにとって、半月も三味線から離れるのは芸の停滞どころか退歩になります。元の技量に戻るまで、倍以上の期間を要するかもしれません」

「そうでしょうな」

三味線を弾かなくても芸好きな大和屋には、栄次郎の言った意味がよく理解出来たようだ。

「そういうわけで、お屋敷で何かあったのではないかと心配しております。どんな些細なことでも聞いていないのですね」

栄次郎はもう一度念を押してきいた。

「ええ、聞いていません」

大和屋はすまなそうに答えた。

「そうですか」

栄次郎は軽くため息をついた。では、いったい何が東次郎を稽古から遠ざけているのだろうか。

「お邪魔しました」

「また、うちで芝居をやろうと思っています。その節はよろしくお願いいたします」

大和屋は頭を下げた。

「わかりました。では、これで」

栄次郎は一礼し腰を浮かした。

大和屋を辞去し、浅草黒船町に向かいながら、栄次郎はもっとも気になっていたことを考えた。

三味線を弾いていることが親にわかってしまった。そのことで激しい対立があったのではないか。

父親は厳格なお方だというから、武士が芸人になることを許さないに違いない。しかし、東次郎は三味線弾きをやめるとは言わないだろう。その結果、どうなるか。

勘当……か。

そう思ったものの、すぐに自分の考えを打ち消した。勘当されることを恐れていたとは思えない。

勘当されて屋敷を追い出されても、東次郎には行くところがあるのだ。おみよは喜んで迎えるはずだ。

かえって勘当こそ、東次郎の望むところかもしれない。自ら武士を辞めたいとは言えない。だから、親のほうから勘当してくれれば、東次郎の気持ちの整理がつくはずだ。

そう考えると、勘当云々《うんぬん》の問題ではないと言わざるを得ない。

わからないと何度か呟いたとき、お秋の家の目の前にやって来ていた。

土間に入って行くと、お秋が怪訝そうな表情を向けた。

「栄次郎さん。どうかなさったのですか」

「えっ、なんでですか」

「思い詰めたような顔をしてましたよ」

「そうですか。ちょっと考えごとをしていました」

栄次郎は梯子段《はしごだん》に向かいながら言う。

「考えごとって？」

いっしょになって梯子段を上がって来て、お秋はきいた。

「いえ、自分のことではないんです。あっ、お秋さん。今夜は崎田《さきた》さま、来られますか」

「ええ、その予定ですけど。何か」

「夕方に新八さんがやって来るんです。夕餉はとらないかもしれません」

新八は崎田孫兵衛《まごべえ》を煙たがっている。

南町奉行所の筆頭与力という立場の問題というより、孫兵衛の人間性の問題のほうが大きいようだ。さらにいえば、酒癖だ。

お秋が引き上げてから、栄次郎は三味線を取り出した。きょうは客が来ていないようなので、思い切って弾ける。

お秋はなかなかの商売人で、空いているふた部屋を逢引きの男女のために貸しているのだ。

三味線を抱えたものの、撥《ばち》を握った手がすぐには動かなかった。やはり、東次郎のことが頭から離れない。

寡黙な東次郎は自分のことはほとんどといっていいくらい他人に話さなかった。気軽に話しかけられないような威風が東次郎にあった。とはいえ、もっと積極的に素性や暮らしぶりなどを訊ねたら、東次郎は答えてくれたかもしれない。

ふと、三味線を抱えていることを思い出し、東次郎のことを頭から振り払い、撥を振り下ろした。

今度の市村座で弾く『安宅の松』の稽古である。ときどき、東次郎のことに気をとられながら、なんとか稽古を続けた。

三

七つ（午後四時）をだいぶまわって、新八がやって来た。

「ごくろうさまです」

栄次郎は三味線を脇に置いて声をかけた。

「いえ」

新八は弾まない返事をした。

「栄次郎さん。いけません。坂本東蔵もふつうどおり駕籠で登城し、伜の東太郎もまったく変わったことはないようです。きょうは、小石川にある剣術道場に行き、一刻（二時間）ほど稽古をし、そのまま屋敷に帰りました」

「変わったことはないのですね」

栄次郎は新八の疲れた顔にきいた。

「ええ。見た目はまったくふつうです。妙な緊張感などありません」

新八の言葉に、栄次郎は頷いた。

「私のほうも、札差の大和屋さんからも話を聞きましたが、坂本家に関して妙な噂はないということです。もっとも、大和屋さんの耳に届いていないだけかもしれませんが、よほどのことがあれば聞こえると思います」

坂本家で何かがあったという可能性は低いようだ。

「まったく解《げ》せませんね。こうなると、東次郎さんひとりの問題でしょうか」

新八が匙《さじ》を投げたようにきく。

「いや、それでも、家人にはなんらかの影響が出ると思うのですが」

「そうですね。いったい、どういうことなんでしょうか」

新八は何度も首をひねった。

「今の新八さんの指摘で気がついたのですが、ひょっとして家人はあえて平静を装っているということも考えられます」

「つまり、東次郎さんのことを隠そうとしているということですね。まさか」

新八が目を見開き、

「東次郎さんは何か事件に巻き込まれたんじゃないでしょうね」

と、気負い込んで言った。

「ええ」

栄次郎もそのことを考えないわけではなかった。だが、東次郎に限って、という思いがあり、深く考えようとしなかったのだ。

だが、他に理由がないとなると、そのことも頭に入れなければならない。

「東次郎さんが事件に巻き込まれたとしたら、どんなことが考えられるでしょうね」

栄次郎は改めてそのことを口にした。

何かの事件に巻き込まれた東次郎を、坂本家としては隠さねばならなかった。それは家名にも影響を及ぼすことだったかもしれない。

梯子段を上がる足音がしたので、ふたりは声を呑んだ。

お秋が顔を出した。

「新八さん。夕餉をごいっしょになさいますか」

「崎田さまがいらっしゃるようですが、いいではありませんか」

栄次郎は誘った。

「いえ、遠慮しておきます」

新八は苦笑して言う。

「崎田さまに、最近、変わった事件がないか、おきしようと思っているんです」

「変わった事件？　あっ、そうですか」

新八は栄次郎の言葉を理解したようだった。

「それはよございますね。じゃあ、あっしもご相伴《しようばん》にお預かりいたします」

新八は気が変わって言った。

筆頭与力の崎田孫兵衛のもとには諸々に報告があるはずであり、最近の大きな事件は知っているのに違いない。

それから半刻（一時間）後、崎田孫兵衛がやって来て、居間で酒を呑みはじめた。

孫兵衛はお秋のことを腹違いの妹と世間には話しているが、ふたりは似ても似つかない。そういえば、どういうきっかけでお秋が孫兵衛の囲われ者になったのだろうか。

酒を呑みながら、栄次郎はそんなことを考えた。

孫兵衛がよい気分で呑んでいる。相変わらず、ひとりで勝手に喋っている。栄次郎は適当に相槌を打つ。

猪口ではなく茶碗に酒を注ぎはじめたので、栄次郎はあわてて孫兵衛にきいた。

「崎田さま。いろいろ事件が多いのでしょうね」

「うむ。そうだの」

茶碗を持ったまま、孫兵衛が応じた。

「最近起きた事件で、まだ解決していないのはありますか」

「なんで、そんなことをきくんだ?」

孫兵衛はぎょろ目を剝いた。

「いえ、特に理由はありません」

栄次郎はとぼけてから続けた。

「たまには、崎田さまのお仕事の話もお聞きしたいと思いましてね。今世間で何が起こっているのか、一番ご存じなのは崎田さまでしょうから。なにしろ、崎田さまなしでは南町は成り立たないと聞いております。崎田さまほどのお方を困らせる事件があれば、酒の肴に教えていただきたいと思ったまでです」

少し褒めると、孫兵衛はすぐに調子に乗った。

「そうか。じつは残虐な押込みが二件起こった」

真顔になって、孫兵衛が口にした。

「ふた月ほど前、深川の『飛騨屋』という材木問屋だ。主人夫婦と番頭が殺され、五百両盗まれた。続いて、ひと月経った先月半ば、神田須田町《すだちょう》の宮大工の棟梁の家に押込みがあって、棟梁が殺された。同じ押込みに違いない」

「盗賊の手掛かりは？」

「ない。が、残虐な手口は。鹿島《かしま》の藤太《とうた》一味の仕業と思われる」

「鹿島の藤太？」

「鹿島から江戸に出て来た男だ。手下が七、八人いる。一年前から何軒も被害に遭っている」

「そんな盗賊が跋扈《ばっこ》しているのですか」

東次郎の変化に関して時期的にいえば、先月半ばの神田須田町の宮大工の棟梁の家に押込みがあったあとだ。だが、この押込みに、東次郎が関わっているはずはない。

「殺された宮大工の棟梁の名前は？」

念のために、栄次郎はきいた。

「『宮重《みやじゆう》』という屋号の宮大工の棟梁で重吉《じゆうきち》だ」

「宮重？　宮大工の重吉からとっているんですね」

「そうだろう」

『宮重』と東次郎は関係があるとは思えなかった。

「その他に特に変わった事件というのはありませんか。たとえば、武士が絡んでの事件などは？」

「いや、ないな」

即座に否定してから、

「あっ、そういえば、無礼討ちで町人が殺された」

と、孫兵衛は言った。

「無礼討ちですって」

「そうだ。旗本の次男坊が遊び人の男を斬り捨てたのだ」

あっと叫び声を発したのは新八だった。栄次郎も息を呑んだ。

「その侍の名はなんというのですか」

「なんだったかな」

さっきから茶碗で酒を呑んでおり、酔いがまわってきたようだ。目がとろんとしてきた。こうなると、やがて始末に負えなくなる。

「崎田さま」

栄次郎は大きな声で呼びかけた。

びくっとしたように、孫兵衛は目を見開いた。

「無礼討ちをした侍の名前を教えていただけませんか」

「無礼討ち？　なんだ、それは？」

「さっき、旗本の次男坊が遊び人の男を斬り捨てたと仰いました」

「うむ。そうだったかな。どれ」

孫兵衛はのっそりと立ち上がった。

「どちらへ？」

「厠《かわや》だ」

栄次郎は呆気にとられた。

よろけながら、孫兵衛は部屋を出た。あわてて、お秋が介添えする。

「栄次郎さん。どう思いますか」

新八が昂奮してきいた。

「ええ、気になります。でも、東次郎さんがそんな真似をするとは信じられません」

栄次郎はひと違いだと思っているが、確かめなければならない。

「やむにやまれぬ事情があったのかもしれません。相手が遊び人ふうの男だというではありませんか」

「そうですが」

栄次郎は息苦しくなった。確かに、そうだとしたら、東次郎はしばらく謹慎しているということも考えられる。

そう思う一方で、東次郎は遊び人といえど、町人に手をかけるはずはないという思いもしてくる。

もしや、この無礼討ちの裏にはもっと深い事情があったとも考えられる。

お秋が近寄って来て、

「きょうは、いつもより酔いが早いみたい。もう限界みたいよ」

と、囁くように言った。

孫兵衛は酔うと、絡んでくる。酒癖がよくない。

「困ったな」

栄次郎は名前を聞き出したいのだ。

「適当に切り上げて、引き上げて。あとは私に任せて」

そう言い、お秋は孫兵衛を迎えに行った。

孫兵衛が戻って来た。

「崎田さま。さきほどの続きですが、無礼討ちの旗本の次男坊の名前を？」

「今、思い出せぬ」

「坂本東次郎という名では？」

「坂本東次郎……。さあ、どうだったかな」

孫兵衛は目が据《す》わってきた。

「おい、栄次郎に新八。そんなことより、呑め」

急に、口調が荒っぽくなった。お秋が目顔で、何か言った。

やはり、引き上げたほうがよさそうだ。

「崎田さま。これから用事があります。これで失礼させていただきます」

栄次郎は一方的に言い、立ち上がった。

「なに、帰るだと。おい、栄次郎」

孫兵衛が大声を張り上げる。

「旦那。さあ、早く、ふたりきりになりましょうよ」

お秋がなだめている間に、栄次郎と新八は部屋を飛び出した。

翌日の昼前に、栄次郎は佐久間町の自身番に顔を出した。岡っ引きの磯平《いそへい》の居場所について訊ねると、ちょっと前に定町廻り同心といっしょに巡回で顔を出したという。次に神田相生町《あいおいちょう》のほうに向かうはずだと、番人が答えた。

栄次郎はすぐ相生町に向かった。荷を積み過ぎて往生している大八車の一行や行き先を間違えたらしく引き返してくる駕籠などを横目に見て相生町にやって来た。

玉砂利を踏んで、自身番に向かった。

膝隠しの衝立の前に座っていた月番の大家に訊ねると、ふたりは口をそろえてまだやって来ていないと答えた。

磯平とは何度か事件絡みで会い、顔見知りになっていた。与力の崎田孫兵衛と知り合いだと知ってから、栄次郎には下手《したで》に出て来る。

栄次郎は外に出た。消火のために備えている纏《まとい》や鳶口《とびぐち》などの前で、磯平を待った。

自身番の向かいに木戸番がある。軒先に草履《ぞうり》や草鞋《わらじ》が吊る下がり、駄菓子や鼻紙なども売っている。

向こうから羽織に着流しの同心とともに磯平がやって来た。

「おや、矢内さまじゃございませんか」

磯平が声をかけた。同心は無視するように自身番に入って行った。崎田孫兵衛との関係で、栄次郎が煙たいようだ。

「磯平親分。ちょっと教えてもらいたいことがあるんです」

栄次郎は切り出した。

「へい、なんでしょう」

「昨夜、与力の崎田さまから、旗本の次男坊による無礼討ちがあったと聞きました」

「ああ、ありましたね。池之端《いけのはた》仲町です」

磯平は四十年配である。

「斬られたのは遊び人だとか」

「そうです。地回りの富吉《とみきち》って男です。町娘にいいがかりをつけていたのを、お侍さんが助けに入ったんです。そのとき、富吉がお侍に何か言ったんです。そのことに怒って刀を抜いたそうです」

「その侍の名はわかりますか」

栄次郎はきいた。

「平山安次郎《ひらやまやすじろう》という五百石の旗本の部屋住です。明らかに斬られたほうが悪いということで、もうけりがついているはずですぜ」

「そうですか」

東次郎でなかったことに安堵した。どんな事情があろうが、東次郎は無礼討ちなどに走る男ではなかった。それでも、何か切羽詰まった事情があったのかもしれないと思ったのだ。

東次郎ではなかったことに、一安心したものの、これでまた振り出しに戻った。いったい、東次郎に何があったのか。

「矢内さま。よろしいですかえ」

「親分。すみませんでした」

栄次郎が礼を言い、自身番に向かう磯平を見送った。


それから、和泉橋を渡り、小伝馬町を抜けて、小舟町にやって来た。

おみよの家に寄ったが、留守だった。留守番の女中にきくと、さっきあわてて外に出て行ったという。もうじき戻るはずだ、と女中は引き止めた。

「あわててとは、何かあったのですか」

栄次郎はひょっとして東次郎のことで何かあったのかと思った。

「いえ、お弟子さんが訪ねて来て、そのあと、お弟子さんといっしょに出かけたのです」

女中は恥じらいを含んだ顔で言った。

東次郎のことではないようだ。

待っているほどのこともないと思い、すぐに引き返し、元鳥越に向かった。

浅草橋御門を抜け、蔵前に出た。そして、不忍池から大川に流れ出る忍川《しのぶがわ》にかかる鳥越橋を渡ってから左に折れ、鳥越に向かった。

師匠の家に着くと、土間に赤い鼻緒の下駄があるのを見て、おゆうが来ているのだと思った。

おゆうは町火消『ほ』組の頭取政五郎《まさごろう》の娘だった。

おゆうの唄声が聞こえてくる。

　京で大原　しもで大坂の綿屋待ち　江戸で亀井戸　梓巫女《あずさみこ》……

巫女姿の娼婦が住む三都の場所を唄っている。

『田舎《いなか》巫女』である。神職としての巫女ではなく、田舎から江戸や京、大坂に出て来た女たちが巫女と称した娼婦になった風俗を扱った内容である。

唄のあと、三味線の稽古に入った。

東次郎が稽古に来なくなってどのくらい経つのだろうか。どんな事情があるにせよ、稽古が出来ないことで、どんなに苦しい思いをしているか。栄次郎には痛いほどその気持ちがわかるのだ。

三味線の音が止んだ。稽古が終わったようだ。

しばらくして、おゆうが現れた。

「まあ、栄次郎さん。お久しぶりです」

おゆうがうれしそうに言う。

「お稽古、終わるのを待っていますね」

「わかりました」

微笑して、栄次郎は隣りの部屋の師匠のもとに出向いた。

「失礼します」

見台をはさんで師匠と差し向かいになる。

「吉次郎さんの件はまだわかりません。きょうまで連絡がないのは……」

栄次郎が言いかけたとき、師匠が軽く手を上げて制した。

「吉栄さん。吉次郎さんから文《ふみ》が届きました」

「文が？」

覚えず、栄次郎の声が高まった。

「はい。これです」

師匠は懐から文を取り出して、栄次郎に見せた。

あとひと月ほど休むこと。次の市村座の舞台には上がれないことが記されていた。

「これは……」

栄次郎は絶句した。

「近所の酒屋の小僧さんが届けてくれました。知らないおじさんから頼まれたということです」

「この字は吉次郎さんのものでしょうか」

「はい。間違いありません」

「吉次郎さんはこの近くに来たということですね」

「お侍ではなかったそうです」

「侍ではない？　では、その男も吉次郎さんから頼まれたのでしょうか」

「そうかもしれません。髭をはやした遊び人ふうの男だということでした」

東次郎とはどういう関係なのだろうか。そういう連中と関わっているというのは、やはり東次郎は何かに巻き込まれたのかもしれない。

栄次郎は暗い気持ちになった。

「止むを得ません。来月の市村座は吉栄さんに立三味線を……」

師匠が言いかけた。

「待ってください」

栄次郎はあわてて師匠の言葉を制した。

舞台には何人もの唄い手や三味線弾きが並ぶ。その中で首座を勤めるのを立といい、それに対するのが脇である
これまで、東次郎が立三味線を、栄次郎は脇三味線を受け持っていた。

「立三味線はやはり吉次郎さんでなければなりません。どうか、もうしばらくお待ちください」

栄次郎は東次郎のために訴えた。

「待てとは？」

師匠は意外そうな顔をしてから、

「このことは吉栄さんにとっては好機ではございませんか。これがうまくいけば、吉

栄さんは今後、立三味線を受け持つようになるでしょう」

「いえ。吉次郎さんは心ならずも辞退しているのだと思います。今、東次郎さんの身に何かが起こっているのです。どうか、もうしばらく、お待ちください」

お願いしますと、と栄次郎は頭を下げた。

「吉栄さん。あなたというお方は……」

師匠は呆れたような顔をした。

「申し訳ありません」

「わかりました。でも、吉栄さんは不思議なお方です」

師匠が微笑んだ。

「自分のことより、ひとのことを」

「いえ。ただ、吉次郎さんの気持ちがわかるのです。三味線を弾きたいという思いが強く伝わってくるのです」

同じ武士という境遇から、吉次郎の置かれている状況が理解出来る。いろいろな障害を乗り越えて三味線を弾いてきたはずなのだ。その結果摑んだ立三味線の座だ。簡単には手放したくないはずだ。

「よいでしょう。ぎりぎりまで待ちましょう」

師匠が折れたように言う。

「ありがとうございます」

「では、はじめましょうか」

師匠が三味線を持ったので、栄次郎も三味線に手を伸ばした。

栄次郎はおゆうといっしょに師匠の家を出た。

きょうの稽古は散々だった。ふとしたことで、東次郎に思いが向かって三味線に集中出来なくなる。これは栄次郎の欠点だった。

自分自身の悩みだけでなく、他人に心配があるときにも、ついそのことが気になって三味線に集中出来ない。

もっと強い心を持つべきだと思うのだが、栄次郎はそれが出来ない。ただ、稽古だからで、本番の舞台では立派にやり遂げることは出来る。

そんな栄次郎の欠点を見抜いていて、師匠はいつもは稽古に身が入らなくなるとその場で稽古をやめてしまう。

だが、きょうはわけがわかっているので、師匠は辛抱して稽古をつけてくれた。だが、不満足に終わったのだ。

「栄次郎さん。何かあったのね」

おゆうが隠し立ては許さないというふうに正面から見据えた。

目鼻だちの整った美しい顔だちで、見た目はやさしそうだが、少し勝気で、意地と張りを通すおきゃんな娘だ。

「隠してもだめ。きょうの三味線の音に出ていたわ」

「えっ」

栄次郎は驚いておゆうの顔を見た。

「わかるのですか」

「ええ、わかります。だって、いつも栄次郎さんの三味線を聞いているんですもの。ほんとうは音はわからないの。ただ、きょうはつっかかることが多く、それに間が悪かったみたい」

おゆうは正直に答えた。

「そうですか。三味線は恐ろしいものですね」

栄次郎は呟いた。

そのことがわかるのは師匠だけかと思っていたのだが、おゆうにもすっかり見透かされていたのだ。

「じつは吉次郎さんのことです」

別に隠し立てすることではない。おゆうにとっても兄弟弟子のことなのだ。

「お稽古、休んでいるそうですね」

おゆうは知っていた。

「そうなんです。それで、気になってお屋敷まで行ってみたんですが、会えなかった。どうも、屋敷にいないようなんです」

栄次郎は簡単に説明した。

「まあ、どうしたんでしょうか」

おゆうも表情を曇らせた。

「師匠に吉次郎さんから文が届き、もうしばらくお休みすると書いてあったのです。市村座の舞台にも上がれないと」

「まあ」

「よほどのことが、吉次郎さんの身に起こったに違いありません。でも、それが何か、探り出すことが出来ないのです」

「あのとき」

ふと、おゆうが遠くを見る目つきをした。

「何か」

「ひと月ほど前、吉次郎さんを見かけたことがあるんです」

「ほんとうですか。どこで？」

「深川の八幡さまの帰りです。おとっつあんたちと船で油堀川を大川に向かっていたときです。目の前に近付いた富岡橋を渡って行く吉次郎さんを見ました。仙台堀のほうに向かっていました。着流しで、両刀を差して……」

おゆうは記憶を呼び戻して言った。

「吉次郎さんに間違いありませんか」

栄次郎は念のために確かめた。

「ええ。だって、最初に気づいたのはおとっつあんなんです。おとっつあんは舞台を見ているので、吉次郎さんの顔も知っています」

おゆうは少しむきになって言った。

「わかりました。富岡橋を渡ったのですね」

おそらく、永代橋を渡って深川に入り、富岡橋を渡ったのだろう。いったい、どこに行くつもりだったのか。

武家地の中の七曲がりの道を通って向柳原《むこうやなぎわら》に出て、神田佐久間町《さくまちよう》までおゆうを送ってから、栄次郎は言った。

「これから深川に行ってみます」

「あら、つまんない。家に来てもらいたかったけど」

おゆうはすねたように言う。

「すみません。今度、この埋め合わせをします。今は吉次郎さんのことが心配なので」

栄次郎は真顔で謝ると、

「わかってます」

と、おゆうはいたずらっぽく笑った。

「その代わり、吉次郎さんのことが片づいたら必ず」

おゆうは真剣な眼差しで言う。

「わかりました」

おゆうと別れ、栄次郎は和泉橋に向かった。

途中で振り返ると、おゆうが見送っていた。栄次郎は軽くて手を上げ、それから和泉橋を渡って行った。

四

四半刻（三十分）後に、栄次郎は小舟町のおみよの家に寄った。

きょうは稽古日ではないのか、家には弟子はいなかった。

「栄次郎さま。よいところに」

おみよがそう言ったとき、やはり、東次郎から知らせがあったのだと思った。

「東次郎どのから文が届いたのですね」

栄次郎は先に言った。

「どうして、そのことを？」

おみよが不思議そうな顔をした。

「師匠のところにも文が届いたのです。酒屋の小僧が文を持って来たそうです」

「そうでしたか。私のところには弟子が届けてくれました。髭面の男から預かったということでしたが、ひょっとしたらと思い、すぐ外に出てみたのです」

さっき訪れたときのことだと、栄次郎は合点した。

おみよのところに届いた文も、師匠に届いたものと同じように、もうしばらく帰れないというものだった。師匠の家の近くに現れた男と同一人物であろう。

「筆跡は東次郎どののものに間違いありませんか」

栄次郎はきいた。

「はい。東次郎さんのものです」

おみよは自信を持って言い切った。

「しばらく帰れないとは……」

栄次郎は言葉が続かなかった。

「いったい、東次郎さんの身に何があったのでしょうか」

おみよはやりきれないように目を伏せた。

「心配いりません。東次郎さんは何か重大な任務を負っているのです。それが終われば、戻って来ます。それまで待ってあげてください」

おみよを元気づけてから、栄次郎は外に出た。

小網町《こあみちょう》を通り、永代橋に出た。おゆうが見かけたときも、東次郎はおみよの家からこの道順でやって来て永代橋を渡ったのではないか。

橋の途中で立ち止まり、栄次郎は海のほうを見た。冬の凍てついた空気の中で、冠雪した富士が美しく輝いていた。

栄次郎と同じように立ち止まって富士を眺めているひとが何人かいた。

東次郎もここから富士を眺めただろうか。富士に見向きもせずにもくもくと歩いて行く東次郎の姿が脳裏に浮かんだ。

再び、歩きだす。東次郎は目的を持ってこの橋を渡ったのだ。行き先は富岡橋の先だ。

栄次郎は橋を渡り切ると、佐賀町のほうに曲がり、油堀川に出た。そして、川沿いを富岡橋に向かった。

東次郎もおそらく同じ道順を辿ったのではないかと思われる。やがて、富岡橋が見えてきた。

栄次郎は富岡橋を渡った。寺が並んでいる。その中に、法乗院《ほうじょういん》がある。閻魔《えんま》堂があり、深川の閻魔さまと呼ばれて信仰を集めている。まさか、閻魔堂に行ったわけではあるまい。栄次郎は法乗院を素通りし、門前に茶店が並ぶ海福寺《かいふくじ》門前を過ぎて仙台堀にかかる海辺橋《うみべばし》の袂にやって来た。

東次郎はこの先、どこに向かったのだろうか。皆目《かいもく》見当もつかない。

海辺橋を渡ってみる。このまままっすぐ霊巌寺《れいがんじ》の前を通り小名木川《おなぎがわ》のほうに向かったのだろうか。霊巌寺に向かう手前に武家屋敷が並んでいる。その中のどこかの屋敷を訪れたのか。

迷いながら、栄次郎は仙台堀沿いの道を大川方面と反対のほうに向かった。西平野町、東平野町と続く町並みを眺めながら、亀久橋《かめひさばし》の袂にやって来た。

東次郎の行く先にまったく見当がつかないまま、さらに先に行く。木が貯えられた一帯に出た。木置場だ。木の集積場で、材木問屋が多い。川では川並《かわなみ》と呼ばれる男が筏《いかだ》を操っていた。

ある材木問屋の裏手では、木挽《こび》き職人が丸太から柱や板を挽き出している。そんな光景を眺めながら歩いていて、ふいに脳裏を掠めたものがあった。

崎田孫兵衛の言葉だ。ふた月ほど前、深川の『飛騨屋』という材木商に押込みが入り、主人夫婦と番頭が殺され、五百両盗まれたという。

まさか、東次郎が『飛騨屋』にやって来たとは思えないが……。しかし、作事奉行の父親は材木問屋とは繋がりがある。

栄次郎は通りがかりの番頭らしい男に、『飛騨屋』の場所をきいた。

「『飛騨屋』さん？ 今は店を閉めていますよ」

「そうですか。場所はどこですか」

「三好町《みよしちょう》です」

詳しく場所をきき、栄次郎はそのほうに向かった。

この一帯は木を運ぶために堀が張りめぐらされている。橋を渡り、三好町にやって来た。しばらく行くと、大戸の閉まった店があった。看板に『飛騨屋』とある。

ここに二カ月前、押込みがあったのだ。鹿島の藤太という盗賊の仕業だ。

裏口から、誰か出て来た。年配の女だ。

「『飛騨屋』さんのお方ですか」

栄次郎は声をかけた。

「親戚の者です」

警戒ぎみに女は栄次郎を見た。

「お店、まだ再開しないのですか」

「主人夫婦と番頭さんが亡くなってから廃業を考えていたそうですが、なんとか親戚一同が伜を守り立ててお店を再開させようとしているんです。きっと、再開出来ると信じています」

この女は殺された主人の妹だという。

「つかぬことをお伺いいたしますが、こちらに坂本東次郎さんと仰るお方がお見えになりませんでしたか」

「坂本さまですか。坂本さまとは、ひょっとして作事奉行の坂本東蔵さまの?」

「坂本東次郎さんはご次男です。やって来られたのですか」

「名前は存じあげませんが。事件のあと、お線香を上げに来ていただきました」

「坂本東蔵さまとはご懇意になさっているのですか」

「材木問屋ですから、作事奉行さまとは関わりがございます。工事にはお奉行さまの許しがなければなりませんし」

「そうでしたね」

栄次郎は頷いてから、

「そのとき、あなたは東次郎さまにお会いしたのですか」

と、きいた。

「はい。名前は存じあげませんでしたが。お会いいたしました」

「どんな話をしたか、覚えていませんか」

「押込みの連中のことに腹を立てておいででした。どんな連中か、見た者はいないだろうかと、他の奉公人にもきいていました」

東次郎は焼香に来ただけではなく、盗賊一味をも気にしていたらしい。

ここの件は、東次郎の秘密の行動とどういう関係があるかわからない。呼び止めたことを詫びてから、栄次郎は『飛騨屋』の前から離れた。

また振り出しに戻った。落胆からか、急に疲れを覚えた。


その夜、屋敷に帰った栄次郎は兄に呼ばれた。

「兄上。入ります」

「よし」

栄次郎が入ると、兄が部屋の真ん中で座って待っていた。栄次郎は兄と差し向かいになった。

「兄上、何か」

「坂本家について、いろいろ調べてみた。東次郎どのの件と関係があるかどうかわからないが、作事奉行の坂本東蔵さまがちょっと困った立場にあるということだ」

「困った立場？」

栄次郎は覚えず身を乗り出した。

「うむ」

兄は厳しい顔を向け、

「現在、上野寛永寺の本堂の修繕を担っているが、事故が多く、なかなか工事が捗《はかど》らないらしい」

「工事が捗らないといいますと？」

「材木の調達を請け負った『飛騨屋』に押込みが入り、主人と番頭が殺された。そのために、材木の調達が間にあわなかった。これは運が悪かったということですまされたが」

あっと、栄次郎は叫んだ。

東次郎は『飛騨屋』に行っているのだ。

「どうした？」

「いえ。なんでもありません。で、まだ何か」

「材木の件は急遽、他の問屋に命じ、なんとか手立てが出来たが、今度は請け負っている宮大工の棟梁が押込みに殺された」

「『宮重』の棟梁ですね」

「知っているのか」

「はい。押込み事件があったと聞いています。まさか、ふたつの押込みが、寛永寺の修繕に関わりのあるところだとは知りませんでした。でも、これは、偶然なのでしょうか」

栄次郎は疑問を投げかけた。

「わからぬ。ただ、寛永寺の本堂の修繕といっても、それほどたいした工事ではないそうだ。だから、その仕事の横取りを企むということはあり得ない。ましてや、ひとを殺してまで請け負うような仕事ではない」

「坂本さまの失脚を狙っているとは考えられませんか」

「うむ。あるとすれば、それだろうが……」

兄は小首を傾げた。

「聞くところによると、坂本どのと作事奉行の座を争っていたのは篠田道之進《しのだみちのしん》という旗本だ。もし、坂本どのが失脚すれば、篠田どのが後釜に座ることになる」

「篠田道之進……」

「だが、このことも考えづらいのだ。というのは、篠田どのはいま病の床にあるそうだ。作事奉行の座を巡る争いに敗れて気落ちしたのか、屋敷で倒れたという。まだ、回復の兆しはないという話だ。もし、そのことが事実としたら、篠田どのが失脚を狙ったということはあり得ない。病気が治ったならともかく」

押込みの被害に遭ったのが、たまたま寛永寺の修復に関係している材木問屋と宮大工だったのであらぬ詮索をする向きもあったが、どう考えても裏はないだろうと、兄は言った。

ただ、と兄は続けた。

「篠田どのがほんとうに病気だったらの話だ」

ふたつの押込みで真っ先に疑われるのは篠田道之進である。そのことを見越して、病気という布石を打っておいた。

「だが、これはまったく証拠がない。そう兄は言った。それに、篠田どのと鹿島の藤太との結びつきは考えられぬからな」

「そうですね」

栄次郎は兄に礼を言い、自分の部屋に戻った。

栄次郎は寛永寺の修復に関係している材木問屋の主人と宮大工の棟梁がともに盗賊に殺されたことが、東次郎に何かの行動を起こさせたような気がしてならなかった。

第二章 潜 入

一

深川の三十三間堂裏にある『ひさ屋』という居酒屋は今夜も木場《きば》で働く川並や木挽き職人、それに日傭取《ひようと》りや遊び人ふうの男たちでいっぱいだった。

酒を運ぶ女の尻をなでた男に、

「金をもらうよ」

と、女が下卑た声でわめく。別の場所では男の怒声が響く。男臭い匂いと酒の匂いに喧騒が入り交じって、ふつうの男ならまず萎縮してしまうような雰囲気だ。

店の小上がりの席で、ひとりでじっと酒を呑んでいる髭面の男がいた。月代《さかやき》も伸び、堅気《かたぎ》の人間のようには見えなかった。ときたま、誰かが話しかけるが、相手にしない。

「何か辛気《しんき》臭くていけねえ」

隣りの席で呑んでいた大男がいきなり立ち上がった。紺の腹掛けに股引《ももひ》き、半纏《はんてん》を荒縄の帯で締めて、威勢を誇示しているようだ。

大男は自分たちの前に並んでいる徳利をまたぎ、髭面の男の前に片膝をついて座った。

「おう、不景気な面《つら》しやがって。酒が拙《まず》くなるんだ」

丸太のような腕をした大男が髭面の前に顔を突きつけた。鼻の穴が横に広がり、獅子のようだ。

髭面は動じることなく酒を呑んでいた。そのことが癇《かん》に触《さわ》ったのか、大男が叫んだ。

「やい、なんとか言いやがれ」

「うるせえ。むさい顔を引っ込めろ」

髭面は低い声を出した。

「なんだと」

いきなり、大男は畳を平手で叩いた。徳利が倒れ、猪口《ちょこ》が転がった。それでも、髭面は何も感じないようだった。

「やい、もういっぺん言ってみろ」

大男は声を張り上げた。

「うるさい野郎だ。むさい顔を引っ込めろと言ってんだ」

髭面の男は顔を向けて言った。鋭い目つきだ。

「てめえ」

髭面の男の襟を摑もうと、大男が太い腕を伸ばした。

あぐらをかいたまま、髭面はその太い腕の手首を摑んだ。大男の動きが止まった。

急所を押さえつけたのか、大男は腕の動きを封じ込められた。大男は顔をしかめて唸っているだけだ。

周囲の連中が異変を察した。

「権太《ごんた》兄い。どうしたんだ？」

仲間のひとりが血相を変えた。この男も荒縄の帯だ。

「この野郎を……」

大男が情けない声を出した。

「こいつは権太ってのか。いつも、威張り腐りやがって」

片手で大男の手首を摑んだまま、髭面の男は鋭い目つきで辺りを見回した。

つと匕首《あいくち》を構えた男が背後から髭面に迫った。

「余計な真似をすると、こいつの腕が折れるぜ。いいのか」

髭面は背後の男に怒鳴った。

痛てて、と権太が泣き声を上げた。

「そんな物騒なものは引っ込めろ」

まるで後ろに目があるように、髭面が言う。

「さあさあ、おまえさんたちの負けだよ。さっさと引き下がんな」

男勝りの女将《おかみ》が甲高《かん》い声を出し、

「おまえさん。いい加減に放してやったらどうだい。もう、戦意喪失しているよ」

と、髭面の男に言った。

「よし」

髭面は権太の手首を放した。

「痛てて」

権太はうずくまって腕を押さえた。

いっときしてから、なんとか立ち上がった。

「ちくしょう。おぼえていろ」

権太はすて台詞《ぜりふ》を残して引き上げた。

「待ちなよ。勘定は払っておくれよ」

女将が権太の仲間に言った。

勘定を受け取ってから、女将は髭面の男のそばにやって来た。

「あんた、強いのね。見かけない顔だけど、何者なの?」

女将が髭面の男の横に座った。

「女将さんか」

「おひさよ。よろしくね」

「ひさ屋とは、名前からとってつけたのか」

「そうよ」

女将のおひさは笑みを引っ込めて、

「最近、ずっと見かけるけど」

と、窺うようにきいた。

「きょうで三日目だ」

髭面が答える。

「何しに、こっちに来たのさ」

「深川なら、俺のようなものでも生きていけるかと思ってな」

「その腕力でね」

女将が含み笑いをした。

「俺は吉次《きちじ》だ。芝からやって来た」

「吉次さんね」

「そうだ」

髭面の吉次は女将の顔を凝視した。色白のうりざね顔で色っぽいが、目尻がつりあがり、気が強そうだった。

「女将」

吉次は声をひそめた。

「鹿島の藤太っておかしらを知らないか」

「鹿島の藤太だって」

女将の顔色が変わった。

「知っているのか」

「名前だけはね。鹿島の藤太って、盗賊だろう。どうして、そんなことをきくのさ?」

女将は警戒するような目になった。

「短い一生だ。俺も、鹿島の藤太の一味になって、面白おかしく暮らしたいと思ったんだ。同じ一生なら、楽しまなきゃ損だからな」

吉次はやや弾んだ声で言う。

「だけど、盗人の親分なら他にもいるじゃないか。それなのに、どうして、鹿島の藤太親分なんだい？」

「二カ月前、三好町の『飛驒屋』に押し込んだだろう。あの手口は鮮やかだったそうじゃないか。芝にいる俺んところまで聞こえて来た」

「『飛驒屋』……」

女将が困惑した顔つきになった。

『ひさ屋』の女将が鹿島の藤太一味の誰かと関わりがあると言ったのは、本所の御家人の屋敷で開かれている賭場で知り合った男だ。

吉次は賭場に毎日通い詰めた。賭場の客は商家の主人らしい男もいたが、得体の知れぬ客も目についた。

吉次が相手にしたのは得体の知れぬ客だ。そんな客に、誰かれとなく近付いて話しかけ、話のついでにそれとなく鹿島の藤太のことを持ち出した。

「へんなことをきくが、鹿島の藤太という親分を知らねえか。仲間に入れてもらおうと思ってな」

誰も居場所を知らなかった。毎日通い、堅気ではない雰囲気の者に声をかけた。

そして、賭場に通いだして十日目、鼠のような顔をした男が近付いてきて、

「あんた、鹿島の藤太に会いたいんだって」

と、耳元で囁いたのだ。

「そうだ。知っているのか」

吉次は逸《はや》る心を押さえてきいた。

「あくまで噂だ。三十三間堂裏にある居酒屋の女将が藤太一味の誰かと知り合いだという話を聞いたことがある。真偽は定かではないが」

鼠顔の男は声をひそめて言った。

「なんていう店だ?」

「確か、『ひさ屋』だ。だが、気をつけな。その店は気の荒い連中が集まって来るってことだ。おめえ、まさか、火盗改《かとうあらた》めの回し者じゃねえだろうな」

鼠顔の男の目が鈍く光った。

「そんなんじゃねえ。仲間に加えてもらいたいだけだ」

相手は疑わしそうに見ていたが、

「それならいいが。いつだったか、同じことを教えてやった男が数日後に死体となっ

て小名木川に浮かんでいた」

わざと、脅すように言った。

「恐ろしいことだ。だが、俺はそんな人間じゃねえ」

「それならいいんだ」

男はそのまま去って行ったが、鹿島の藤太一味の者に違いない。まどろっこしい真似をしやがると思った。用心して、すぐには正体を現さないつもりなのだ。

それから、今度は『ひさ屋』に足を向けたのだ。最初の日は様子見だけで引き上げた。なるほど、柄《がら》の悪い連中が集まっていた。

そして、きょうが三日目だった。

「女将。もし、伝《つて》があるなら俺を藤太親分に引き合わせてくれないか」

吉次は頼んだ。

「知らないよ、知るわけないじゃないか。でも」

女将は一呼吸置いて、

「ここにはいろんな訳ありの客が来るから、中には藤太親分の手下も来るかもしれない。心がけておくわ」

「じゃあ、頼んだ」

「あら、もう帰るの？」

「ああ、きょうはこれでひきあげる」

髭面は懐から巾着《きんちゃく》を取り出した。

「さっきの連中、だいじょうぶかしら。川並の仲間を呼びに行ったかも」

「川並か」

「ええ、腕力自慢の男よ」

「川並の仲間が待ち伏せているならそれもいい。久し振りに暴れてやる」

髭面の男は不敵な笑みを浮かべた。

「待って。おまえさんは吉次さんとか言ったねえ。芝にいたと言っていたけど、何をしていたんだえ」

女将が追いかけて来てきいた。

「ひとに言えるようなことはしてねえ。鳶の親方のところにいたが、喧嘩して追い出されたんだからな」

「へえ、鳶職だったの。火消でもあったわけね」

「そうだ。じゃあな」

吉次は縄暖簾をかき分けて外に出た。

夜風は冷たく、月もなく暗い夜だった。

堀沿いを冬木町《ふゆきちょう》に向かった。

やはり、つけて来る。権太とその仲間だろう。少し痛めつけてやろうと思った。その噂が鹿島の藤太の耳に入れば、こっちに興味を示すかもしれない。

そう考えながら、吉次は材木置場に向かった。そこの広場で待ち構えるつもりだった。

吉次は堀を越え、材木が立てかけてある場所までやって来た。辺りにひと気はなく、程よい広さだ。

吉次は足を止め、振り向いた。暗がりに黒い影が見えた。が、じっとして動かない。

「権太の仲間か。出て来い」

吉次は声をかけた。

黒い影は無言だった。

やがて、静かに後ろに下がって、闇に紛れて消えた。

拍子抜けしたが、どうやら相手はひとりだったようだ。権太の仲間ではないと気がついた。

鹿島の藤太の一味かもしれない。

さっそく、鹿島の藤太一味が探りを入れに来たのかもしれない。吉次は来た道を戻った。待ち伏せている気配もなかった。

しばらく佇んでいたが、もうひとの気配はなかった。吉次は来た道を戻った。待ち伏せている気配もなかった。

再び仙台堀を渡り、吉次は冬木町の長屋に帰って来た。半分傾きかけているような古く貧しい長屋だ。住人のほとんどが日傭取りか駕籠かきで、気性の荒い者ばかりである。

軋《きし》む戸障子を開けて、土間に入ると、ひんやりした空気に包まれる。台所の瓶《かめ》から杓《ひしゃく》で水を汲み、喉に流し込んだ。

部屋に上がってから、改めてさっきの尾行者のことを考えた。鹿島の藤太の仲間だとしたら、一歩近付いたことになる。

ふと、両手を眺めた。指を動かす。三味線から離れてどのくらい経つだろうか。吉次こと坂本東次郎はやりきれない思いに胸が締めつけられた。

旗本の坂本家の次男坊として生まれた。家は兄が継ぐことに決まっていた。いい養子先を見つけなければ一生部屋住で終わる身だった。

しかし、いい養子先が見つかるかどうか。そんな鬱屈した気持ちをもてあまして盛り場をうろついていたとき、養子の話が持ち込まれたのだ。相手は五百石の西丸御《にしのまるお》納戸頭取松木勝五郎《なんどとうどりまつきかつごろう》であった。西丸御納戸というのは将軍世子の身の周りのものを用意する役職である。

この話にすぐ飛びつけなかったのは相手が五百石と実家より低い家格だからだけではない。盛り場を遊び回っているうちに何度か耳にした新内《しんない》語りの三味の音や、女太夫の門付《かどづ》けで聞いた三味線の音が胸に響いてくるのを感じた。それに伴い、武士の暮しというものに疑問を覚えるようになっていた。

たまたま知り合った大道易者に相談したところ、ひとに決めてもらうのでなく、自分で決めるものだと言われた。

それで鳥越神社の神殿で考えた。決断がつかぬままの帰り道、東次郎の運命を決する三味線の音が聴こえて来たのだ。

その音に吸い寄せられるように、小粋な格子造りの家の横の連子窓《れんじまど》の下に立って、聴こえて来る三味線に耳を傾けた。

その家が杵屋吉右衛門師匠の家だった。東次郎はもう迷わなかった。家に入り、弟子入りをしたのだ。

なぜ、鳥越神社だったのか、自分でもよくわからない。運命としか言いようがない。

鳥越神社に行ったから吉右衛門師匠と出会ったのだ。

入門以来、毎日稽古に通い、一日たりとも休んだことはなかった。一日でも休めば、進歩が停滞するどころか、後退してしまう。

芸事は小さい頃からはじめなければものにならない。だが、東次郎はもともとの才能と努力によって十年足らずで師匠からも認められ、歌舞伎の芝居でも演奏出来るまでになった。今では立三味線を担っている。

続いて、矢内栄次郎が入門してきたことも刺激になった。栄次郎もめきめき腕を上げていた。負けられぬという思いが、ますます稽古に向かわせたのだ。

栄次郎も自分と同じ境遇だった。そして、三味線の才能もあった。ひょっとして、剣の技量と三味線の腕は同じものかもしれないと思わすほど、めきめきと腕を上げた。

東次郎は直心影流《じきしんかげりゅう》の達人であり、また関口流の柔術をよくした。栄次郎は田宮流《たみやりゅう》居合術の道場では師範代を勤めた男である。

今、東次郎は三味線を弾くことが出来ない。半月以上も三味線に触れてもいない。この間に、栄次郎に追い抜かれてしまうだろう。

だが、仕方ないのだ。御家のために、東次郎はやるしかなかった。

夜が更けた。東次郎はふとんを敷き、枕元に枕屏風を立てた。屋敷とは雲泥《うんでい》の差だ。

今頃、母上はどうなさっているだろうか。

父と兄は、秘密を守るために母に何も告げていない。屋敷に戻らぬ東次郎をどう思っているのか。いろいろなことが頭の中を駆けめぐり、東次郎は寝つけなかった。坂本家を守らねばならない。その思いに東次郎は突き動かされている。

二

それは先月の日本橋葺屋町の『市村座』の舞台が千秋楽を迎えた翌日のことだった。

作事奉行の父が深刻そうな顔で帰宅した。東次郎は千秋楽が終わってほっとしているときだったので、父の表情が気になった。

そのうち、兄も帰って来てすぐに父の部屋に行った。ふたりは部屋に閉じ籠もりきりだった。

何かあった。そう思わせる緊迫した気配を感じ、東次郎は父の部屋に行った。

「父上。東次郎です。よろしいでしょうか」

襖の前で、中に呼びかけた。

しばらくして、返事があった。

「入れ」

「はっ」

東次郎は襖を開けた。

向かい合った父と兄の表情は歪んでいて、いかにも深刻な話をしていたことを窺わせた。東次郎はふたりの近くに腰を下ろした。

父はこっちに顔を向けたが、兄は考え込んでいるのか目を閉じていた。

東次郎は父に訊ねた。

「何か心配事でも」

「うむ」

父は難しい顔をした。

「どうか、私にも教えてください」

東次郎は訴えた。

「東次郎。俺から話そう」

兄が目を開けたが、父が制した。

「よい。わしが話す」

「はい」

兄は引き下がった。

改めて、父は東次郎に顔を向けた。

「半月ほど前に、深川三好町の材木問屋の『飛驒屋』に押込みが入り、主人夫婦と番頭が殺された」

父が呻くように話しだした。

「主人だけでなく、店を取り仕切っていた番頭までも殺され、『飛驒屋』は混乱を来《きた》し、商売を続けられなくなった」

「父上と『飛驒屋』とはどのような？」

東次郎は口をはさんだ。

「『飛驒屋』に上野寛永寺本堂修繕のための木材の調達を任せた。ところが、番頭まで殺され、調達に支障を来した。飛驒から材木が届かないのだ」

父は作事奉行として上野寛永寺本堂修繕の差配をしていた。ところが、材木が現地から届かないために、工事の着工が出来ず、このままでは大幅に遅れることになった。

「だが、『飛驒屋』と懇意にしていた別の材木問屋の尽力で、ようやく材木が送られてきた。ところが、本格的に工事がはじまろうとした矢先、今度は『宮重』という大工の棟梁の家に押込みが入り、棟梁が殺された」

父は呻くように言った。

「なんと。して、押込みの正体はわかっているのですか」

「奉行所の話では、その残虐な手口から、最近、市中を騒がせている鹿島の藤太に違いないということだ」

「鹿島の藤太……」

「今年だけでも、六軒の被害があるという。だが、不可解なのは、鹿島の藤太一味が押し入ったのはすべて大店《おおだな》だ。『飛騨屋』はわかるが、なぜ大工の棟梁の家に押し入ったのかがわからぬ」

「何か裏があると？」

「いや、証拠があるわけではないが……」

「父上。お聞かせください」

東次郎は催促した。

「言っても詮《せん》ないことだが」

父は厳しい顔で続けた。

「じつは、材木の調達先を選ぶにあたり、少しもめたのだ。五年ほど前から株仲間になった『山川屋《やまかわや》』という材木商がいる。山川屋が、わしに金を送りつけ、調達先にするように働きかけてきた」

「賄賂ですか」

東次郎も覚えず苦いものをかみ砕いたような顔をした。

「そうだ。わしは山川屋の要求を撥ねつけた。そして、『飛驒屋』を選んだという経緯がある。『飛驒屋』の押込みがあったあと、またも山川屋が顔を出して、引き継がせてくれと言ってきた」

「………」

「なんとなくうさん臭さを感じて、『飛驒屋』の知り合いの材木商でなんとかなるからと断った。そしたら、それから十日後に、大工の棟梁の家に押込みが入った」

父は憤然と言った。

「妙ですね。まるで、今度の工事を妨害しようとしているように思えます。『山川屋』が気になります」

東次郎は疑わしいと思った。

「さっきも言ったように、証拠はない。それに、今度の仕事を請け負っても、そんなに儲かることはない。だから、山川屋がそこまでするとは思えないのだ」

「しかし、鹿島の藤太が、大工の棟梁の家に押し入ったことが引っかかります。よほど、何かがあったんでしょうか。たとえば、棟梁の家に名工が作ったものがあったとか」

そういうものを狙ったのならわかるが……、と東次郎は思った。

「いや。そんなものがあったという話は聞いてない。盗人が欲しがるようなものがあったとは聞いておらぬ」

父は即座に否定した。

「だとしたら、やはり、棟梁の命を狙うのが目的だったとしか考えられませんね」

「うむ。修繕の仕事を遅らせようとするいやがらせかもしれない」

「いえ、ひとを殺しているのです。単なるいやがらせではありません。父上」

東次郎は頰を強張らせ、

「ひょっとして、父上の失脚を狙ってのことではありますまいか」

と、言った。

「いや。わしを失脚させるために、ひと殺しまでするとは思えぬが……」

父は小首を傾げた。

「もし、父上以外の者が作事奉行だったら、『飛驒屋』の賄賂攻勢に負けていた可能性があったのではありませぬか」

「それはどうかな。しかし、賄賂も半端ではない額だった」

父も深刻な顔をした。

「父上」

それまで黙っていた兄が口をはさんだ。

「私も東次郎の言うとおりだと思います。『山川屋』が何か画策しているとしか思えません。さらに言えば、父上の後釜を狙っている誰かとつるんでいる可能性も」

「待て。迂闊なことを言うものではない」

父は制した。

「兄上。父上の後釜を狙っている者がいるのですか」

東次郎は確かめた。

「篠田道之進どのが父上と作事奉行の座を争った。篠田どのは作事奉行になるために相当な働きをしたと聞いている。だから、父上に決まったとき、相当気落ちなさったということだ」

「では、篠田どのが山川屋とつるみ……」

「待て。東次郎。先走るでない」

父がたしなめた。

「篠田どのは、その後、病床に臥しているということだ。そんな企《たくら》みを企《くわだ》てる元気はないと思える」

「そうでしょうか。もし、病というのが偽りだとしたら」

兄が反論した。

「証拠はないのだ。迂闊なことを言うものではない」

「しかし、もしそうだとしたら、この先も何か仕掛けて来るはず」

兄も負けずに言い返した。

「まず、証拠だ。確たる証拠がなければ何も出来ない」

父ははがゆそうに言った。

「『山川屋』を問いつめてはいかがでしょうか」

兄が身を乗り出した。

「いや。ほんとうのことは喋るまい。それより、疑われたと大騒ぎをするかもしれない」

「では、誰かを使ってこっそり調べさせたら?」

兄は矢継ぎ早に言う。

「誰かいるか。この難しい役目をこなせる者がいると思うのか」

父が逆にきいた。

「もし、失敗したら、それこそつけ入る隙を与えてしまうことになる」

「私がやります」

兄が悲壮な覚悟で言った。

「ばかな。そなたで失敗したらそれこそ取り返しがつかない」

「しかし」

兄はまだ引き下がらなかった。

東次郎は父と兄の苦悩を前にしてたまらなくなった。ここは自分が出ていかねばならない。そう思ったとき、ふいに三味線の音が聴こえたような気がした。

おまえには三味線弾きの道があるのだ。それを諦めるのか。そんな声が耳元でした。

自分が父と兄の力になろうとしたら、場合によっては、三味線弾きを諦めなければならない事態になるかもしれない。

しかし、このまま捨てておけば、父に窮地が訪れるやもしれない。東次郎は息苦しくなって、もがくように喉に手をやった。

だが、父と兄の苦悩に満ちた顔を見て、東次郎は口に出した。

「父上、兄上。その役目、私にやらせてください」

「なに、そなたが？」

父が困惑した表情をした。

「いや。いずれにしろ、そなたが失敗したら同じこと」

「そうだ。それだったら私がやる」

兄が東次郎を押さえるように言った。

「私を勘当してください」

東次郎は思い切って言った。

「なんだと」

「私は三味線に現《うつつ》を抜かしている道楽者。十分に勘当の言い訳になります。万が一の場合は、それで押し通してください。しかし、必ずやりとげてみます」

東次郎は懸命に父を説いた。

「このままでは、坂本家にとってどんな災いが降りかかるかもしれません。今、先手を打って対応しておかねばなりません。それには、私がうってつけ。父上。どうか、私を使ってください」

「東次郎、よく言った。父上」

兄は父に向かって、

「東次郎にまかせましょう。我が家の危機やもしれませぬ。東次郎に託しましょう」

すきま風が入って来て、枕屏風を立てていても首の辺りがすうすうする。東次郎はまだ目を開けていた。まだ寝つけない。相変わらず、頭の中は活発でいろいろなことが浮かんで来た。

土間のほうは台所の天窓から月明かりが射して明るいが、部屋のほうは真っ暗だ。さっきつけて来たのは鹿島の藤太一味の者かもしれない。大勢いた客の中にいたのか、それともあの呑み屋の二階にいたのか。

いずれにしろ、ようやく鹿島の藤太と接触出来そうだ。

当初、東次郎は『山川屋』に狙いを定めた。鹿島の藤太との繋がりを見つけ出そうとしたのだ。

だが、『山川屋』にもぐり込むことは困難だった。川並や木挽き職人としての腕があればともかく、出来るとしたら車力《しゃりき》ぐらいだ。それに、鹿島の藤太と接触しているのは『山川屋』の主人文五郎《ぶんごろう》だけだろう。奉公人は何も知らないとみていい。証拠を摑むには文五郎に近付かなければならない。それは難しい。

だとしたら、鹿島の藤太のほうから攻めて、『山川屋』との繫がりを見つけようと考えたのだ。

とはいっても、鹿島の藤太一味に近付く手立てはなかった。そこで、東次郎は火盗改めの同心根津鯉太郎《ねづこいたろう》を訪ねた。

根津鯉太郎とは市ヶ谷にある剣術道場でいっしょだった。年下だが、親しくしていた。その縁から、鹿島の藤太についてきき出したのが、本所《ほんじょ》界隈で開かれている賭場に藤太の一味が出入りしているということだった。

ただ、不用意に接触すると危険だと忠告を受けた。過去にふたりの密偵が深川の堀で死体となって浮かんでいたという。

それから、東次郎は半月近く、兄の知り合いの家で過ごした。その間、髪も髭も伸ばし放題にした。武士の痕跡をなくしてから、深川にやって来たのだ。

東次郎は根津鯉太郎から教わった賭場に顔を出し、誰かれとなしにきいてまわった。

そして、『ひさ屋』の女将の話を聞いたのだ。

藤太はこっちの様子を探り、町方か火盗改めと繋がりがあるとわかればためらわず殺しにかかるだろう。

まだ、目は冴えている。吉右衛門師匠はどうしているだろうか。先日、酒屋の小僧に文を持たせせた。理由を言わず、もうしばらく休む、そして市村座の舞台も諦めると書いた。さぞかし、心配しているだろう。

市村座の舞台は矢内栄次郎がいるから問題はない。その栄次郎がちょっと気になる。お節介病だというだけあって、あの男はひとの難儀を見捨てておけないたちだ。俺のことを探しているのではないかと、少しばかり気になった。

気になるといえば、おみよのことだ。おみよにも文を届けたが、どうしているだろうか。ひょっとしたら、師匠の頼みを受け、栄次郎がおみよに会いに行ったかもしれない。

栄次郎はおみよから小川町の屋敷のことを聞き、作事奉行の坂本東蔵の伜であることを調べ上げているかもしれない。

だが、いかに栄次郎とて、父を失脚させようとする陰謀までは頭がまわらないはずだ。

おみよは自分が捨てられたと思ってはいまいか。文を届けたが、具体的なことは書いてない。あの文で、おみよが納得出来たとは思えない。

まだ、おみよの母親が生きている八年前に、東次郎は三味線の稽古のために小舟町の家の二階を借りた。そして、三年前におみよの母が亡くなり、それから割りない仲になった。おみよは東次郎に尽くしてくれた。

おみよを不幸な目に遭わせたくない。東次郎はそう思っているのだ。しかし、今の自分にはどうしてやることも出来ない。すまない、おみよと東次郎は心の内で叫んだ。

今はそんなことを考えるのはやめよう。月代も伸ばし、髭面になり、遊び人の風体になり、名取名の吉次郎からとって吉次と名乗っている。今の俺は吉次なのだ。そう自分に言い聞かせているうちに、ようやく眠気を催してきた。

三

翌日、吉次はきのうの朝の冷や飯にお湯をかけ、お新香だけで食べてから、長屋を出かけた。

日増しに寒くなる。朝の陽光も弱々しい。吉次は背を丸めるようにして、入船町《いりふねちよう》に足を向けた。

入船町は木置場の近くの堀に囲まれた町である。仙台堀を渡り、小橋を渡って入船町にやって来た。

大きな店が出て来た。材木商の『山川屋』である。元は、老舗《しにせ》の材木問屋の手代だったが、五年前に『山川屋』を興し、急に伸《の》して来た店だ。主人の文五郎は四十前の渋い感じの男だった。

何度か外出する文五郎のあとをつけたが、あるときは仲町の料理屋だったり、寄合だったり、鹿島の藤太との繋がりはまだわからなかった。

『山川屋』の前を通りすぎ、木置場に出た。堀には丸太の筏がたくさん浮いていて、豆絞りの手拭いで鉢巻きをした川並が竿で筏を操っている。川の上は寒そうだ。

木置場をひとまわりしたのは、仕事を探す振りをするためだ。

吉次は木置場から三十三間堂裏を通って富岡八幡宮に向かった。途中、『ひさ屋』の前を過ぎた。まだ戸が閉まっている。

女将のおひさが藤太一味と関わりがあるのは間違いない。おそらく、火盗改めの密偵も、おひさのところまでやって来たのに違いない。

その後、密偵は別な場所に誘《おび》き出されて殺されたのだろう。

永代寺門前町に入り、富岡八幡宮の鳥居をくぐる。境内にある茶店や団子屋などは、もう店を開けていた。

吉次は拝殿の前に立ち、手を打って拝んでいると、すっと隣りに立ち、二拍二礼をしている男がいた。

商人ふうを装っているが、坂本家の家来だ。

「もうすぐ、藤太に近付けそうだ。相手は用心しているから、しばらく連絡をとりあうのはやめだ」


吉次は合掌しながら横の男に言った。

どこに、鹿島の藤太の仲間の目があるかもしれない。

「わかりました。御屋敷のほうは変わりありません。東太郎さまから、危ういと思ったら、すぐ逃げるようにとの言伝《ことづ》てにございます」

「私はだいじょうぶだと伝えておいてくれ。では、行く。帰り、尾行に気をつけろ」

「はい」

手を離し、一礼して、吉次は拝殿前を離れた。

鹿島の藤太は、自分に近付いて来る人間をよく調べ上げ、敵対する人間ではないとわかるまで受け入れないのだ。

きのうの尾行は失敗した。だが、すでに、吉次の住まいは探られているかもしれない。少なくとも、そう思って行動したほうがいい。

吉次は永代橋門前町にある口入れ屋に入った。眠そうな顔をした亭主がぽつねんと座っていた。

「また、来なさったか」

亭主はうんざりした顔をした。

「ありませんな」

吉次が何も言わないうちから、亭主が言った。

「そうですか。じゃあ、また出直すことにする」

吉次はすぐ引き返そうとした。

「お待ちなさいな」

亭主が呼び止めた。

「柔術だけでは用心棒は無理ですよ。やはり、二本差しでないと。どうしても柔術を使いたいのなら、柔術を教える道場に行ってみたらいかがですか」

「道場は気が進まねえ」

「それではますます難しい。うちだけでなく、他を当たってみたほうがいいですよ。まあ、よその口入れ屋にだって、おまえさんの望むような用心棒の話はないと思いますがね」

半ば侮蔑したように、亭主は言った。

もとより、承知だった。はじめから、働く気はないから、あえてありえない条件を言ったのだ。

が、すぐ思い出して、

「あっしのことをききにきた者はいませんかえ」

藤太一味が調べに来たかもしれないと思ったのだ。

「いえ、おりません」

亭主は答えたが、微かに目は泳いだような気がした。藤太一味が来たのか。亭主は口止めされているのかもしれない。

その夜、吉次は『ひさ屋』の縄暖簾をくぐった。

すでに客がいっぱい入っていた。三つある床几《しようぎ》にいかつい男たちが腰を下ろして、おだを上げていた。

吉次は小上がりの壁際に座った。

女将のおひさがやって来た。

「酒をくれ」

「あいよ」

元気よく言葉を返し、女将は板場に大声で伝えた。

女将は上がり口に腰を下ろし、

「吉次さん。ゆうべの話だけど」

と、切り出した。

鹿島の藤太のことだ。

「ゆうべ、あのあと、藤太の仲間らしい男がやって来たの。それで、ためしに吉次さんの話をしたら、今夜五つ（午後八時）ごろ、洲崎《すさき》弁天の境内に来るように伝えてくれって」

「洲崎弁天に五つ？」

今、六つ（午後六時）を過ぎたところだ。

「よし、行ってみよう」

「まだ時間があるわ」

手伝いの若い女が酒を運んで来た。

「さあ、どうぞ」

女将が酌をする。疑えば、酔い潰しにかかっているとも思える。吉次は素直に猪口を出した。

「吉次さん。きくけど、おまえさん、町方か火盗改めの密偵じゃないね」

女将は厳しい顔をした。

「俺がそんな男に見えるか」

吉次は苦笑いを浮かべてきき返した。

「見えないわ」

「そうだろう。俺が町方か火盗改めの者だったら、呼出しには応じないね。殺されに行くようなものだからな」

やはり、密偵は同じように誘き出されたのに違いない。

「違うなら安心よ」

女将が応じたとき、戸口に大男が立った。店の中を見回している。

「きのうの男よ。川並の権太」

女将が耳打ちした。

権太が入って来た。吉次の顔を見ると、急に険しい顔になって出て行った。

「気をつけなさい。何か企んでいるみたいよ」

「ゆうべ、てっきり仕返しをしてくると思ったが違った。仲間が集まらなかったのか」

「そうよ。きょうは仲間が待ち伏せしているわ」

「よし。相手をしてやるか」

吉次は酒を呷《あお》ってから言った。

「よしなさいよ。これから洲崎弁天に行かなきゃならないんでしょう」

「まだ、時間はある」

「あんな奴ら相手に怪我をしちゃつまんないでしょ」

女将は裏口を目で示し、

「あっちから出て行けばいいわ」

と、言った。

「いや。権太だってそのことを頭に入れて、仲間に裏口を見張らせているはずだ。それに逃げたと思われたくねえからな」

吉次は口許を歪めた。

それから四半刻（三十分）ほどで、吉次が店を出た。

「気をつけて」

女将が見送る。

「無事だったら、明日も顔を出す」

そう言い、吉次は木場のほうに向かった。

案の定、何人かがついてきた。辺りは人気《ひとけ》がなくなり、掘割を渡ると洲崎原で、その先に洲崎堤があり、その向こうは海だ。引き潮になると、陸になって格好の汐干《しおひ》狩りの場所になる。

あとをつけて来た連中も掘割にかかる橋を渡って来た。

月明かりの下、堤のほうに向かうと、背後から足音が迫って来た。吉次は足を止めて、振り返った。

「何か用か」

複数の黒い影に向かって、吉次は声を投げかけた。

男たちはそれぞれ手鉤《てかぎ》を持っていた。材木を引っかける川並の道具だ。

「おう、ゆうべはよくも恥をかかせてくれたな。礼をたっぷりさせてもらうぜ」

大男が前に出て来た。

「権太か。つまんねえことを考えるな」

吉次は冷たく言う。

「こっちはこれだけの加勢がいるんだ。覚悟するんだ」

権太は昂奮していた。

「ばかな野郎だ」

「なにを」

ひとりが手鉤を振りかざして攻めて来た。吉次は腰を落としてから相手の懐に飛び込んだ。振り下ろされた腕を掴み、軽くひねった。男は一回転して背中から地べたに落ちた。男の悲鳴が響いた。

「おい。いっせいにかかれ」

権太が号令をかけた。

吉次を取り囲んで、手鉤を構えた男たちが左右前後から迫った。

吉次は周囲を見回し、隙を探した。右斜め背後の男が一呼吸遅れている。へっぴり腰だ。ゆうべ、店にいた男に違いない。吉次に恐怖を抱いているのだ。

いきなり、吉次はその男に突進した。男は恐怖に引きつった顔で、立ちすくんでいる。吉次は足払いをして倒し、あっさり手鉤を奪うや、横にいた男に向かった。悲鳴を上げて、男がのけ反った。吉次はその男から手鉤を奪い、さらに、あっけにとられている隣りの男を突き飛ばし、手鉤を奪い取った。

三人がたちまちのうちに手鉤を奪われたのを目にして、残った男たちはただ茫然としていた。

「権太。今度はおめえが相手だ」

吉次は手鉤を構えて迫った。

「おう、てめえたち。何をしているんだ。こいつをやっちまえ」

だが、皆尻込みして、誰も応じようとしなかった。

「よし。俺が思い知らせてやる」

権太は強がって、手鉤を振りまわしながら迫った。

吉次も手鉤を構え、平然と立った。

「権太。二度と仕事が出来ない体になってもいいのか。考え直すなら今のうちだ」

「ふざけやがって。この野郎」

月明かりに権太の鬼の形相が浮かび上がった。

凄まじい迫力で、権太が襲いかかった。が、それより素早く、吉次は権太の体に突進した。あっという間に、権太の脇をすり抜けた。その瞬間、吉次の持っている手鉤の柄の先が権太の脾腹《ひばら》を激しく叩いていた。

権太の動きが止まった。目を剝いて立ち止まっている。振り向いた吉次は権太の背中を蹴った。

権太は音を立てて前に倒れた。

仲間から悲鳴が上がった。

「心配するな。気を失っただけだ。すぐに気がつく」

吉次はその場を離れ、洲崎弁天に急いだ。

常夜灯の明かりが闇に浮かんでいるように見えた。門前や境内には茶店やそば屋などが並んでいるが、この時間は戸が閉まっていて暗い。だが、境内にある有名な料理屋には明かりが灯り、三味線の音が聞こえて来た。

ふいに市村座の舞台に地方として上がったときのことが脳裏を掠めた。自分が立三味線、矢内栄次郎が脇三味線、そして師匠の杵屋吉右衛門が立唄という布陣で舞台を勤めた。覚えず、吉次は指の先を見つめた。しばらく撥を握っていない。稽古を一日休めば、それを取り戻すまでに何日もかかるのだ。

稽古が出来ないことは芸人にとって致命的な問題だ。だが、吉次こと東次郎は家のためにやらねばならない。

吉次は境内に足を踏み入れた。そして、拝殿に向かった。

元禄十四年（一七〇一）に、護持院《ごじいん》の隆光《りゅうこう》大僧正により、江戸城内の紅葉山《もみじやま》にあった桂昌院《けいしょういん》（五代将軍徳川綱吉《つなよし》の母）の守り本尊をこの地に遷したとされている。

吉次は拝殿の横に立った。境内に誰か入って来た。男だ。吉次は暗がりに身を隠した。男はまっすぐ拝殿までやって来た。年配の男だ。

鹿島の藤太一味にしては歳をとり過ぎているようだ。いや、もしかしたら年寄りに化けているのかもしれないとも思った。

しかし、男は参拝を済ますと、来た道を引き返した。

静かになった。さっきまで聞こえていた三味線の音も止んだ。誰も現れない。もう約束の五つは過ぎている。

どこかに潜んでこっちが姿を現すのを待っているのだろうか。そう思い、吉次は暗がりから出て、拝殿の前に立った。

さらに四半刻ほど経ったが、ひと影は現れなかった。しかし、どこかでこっちの様子を窺っているように思えた。

吉次はその場を離れた。境内を出てからも、背後に注意を払った。つけて来るような気がする。だが、気配はなかった。

境内からだいぶ離れてから振り返った。洲崎堤の一本道にひと影はない。だが、つけられていないとは決めつけられない。姿だけでなく気配も消しているのだ。相当腕の立つ男かもしれない。だとしたら、鹿島の藤太本人か。

再び、歩きだした。なぜ、目の前に現れようとしないのか。

さっきの川並の連中との闘いを見ていた可能性は十分にある。あの闘い振りから武士だと悟られたことはないはずだ。武士としての動きはしなかったという自信がある。

途中で現れるかと思ったが、三十三間堂の近くまで来てしまった。

寝床を突き止めるつもりだと、吉次は察した。よし、それなら長屋まで案内してやろうと、吉次はまっすぐ冬木町に向かった。

仙台堀に出て左に折れる。亀久橋の袂を過ぎる。尾行に気づかぬ振りをして、冬木町の裏長屋に帰り着いた。

月番の行商の男が木戸口に出て来ていて、まさに戸を閉めようとしていた。

「待ってくれ」

吉次は声をかけ、急いで路地に駆け込んだ。

そのまま、奥からふたつ目の家の腰高障子の前に立った。木戸口を見る。黒い影が過《よぎ》ったのを見逃さなかった。

つい含み笑いを浮かべ、吉次は家に入った。

四

翌日の夕方、吉次が『ひさ屋』に行くと、女将のおひさがちょうど縄暖簾を出したところだった。

「いらっしゃい」

女将が吉次の顔を見て、元気な声で迎えた。

吉次は黙って店に入り、小上がりのいつもの場所に腰を下ろした。

女将が追って来て、

「ゆうべはどうだったんですか」

と、きいた。

「なんとか無事に戻ってこれた」

「藤太親分のことですよ。川並のことは、ちっとも心配してなかったもの」

女将は笑みを浮かべながらきいた。

「現れなかった」

「そうなんですか」

女将はあっさり答えた。現れないことがわかっていたようだ。

「洲崎弁天に五つ半（午後九時）まで待ったが、現れなかった。女将、聞き違えたんじゃないのか」

「いいえ、聞いたとおり伝えたわ」

「まあいい。藤太の仲間らしい男が来たら教えてくれ。今夜は看板まで待つつもりだ」

吉次は酒を頼んだ。

戸口に現れる客の顔をいちいち見た。目つきの鋭い遊び人ふうの男が入って来たが、女将からはなんの合図もなかった。その後も、続々と客が詰めかけたが、女将に反応はなかった。

藤太の仲間が客の中にほんとうにいないのか、それとも女将が黙っているのかわからない。

川並の権太たちはきょうは姿を見せない。吉次を避けているのか。

五つ半（午後九時）を過ぎて、客も引き上げはじめた。もう、新たにやって来る客もいないだろう。

今夜は藤太の仲間は現れなかった。

「来なかったわね」

女将が残念そうに声をかけた。

「俺をまだ密偵じゃねえかと疑っているんだな」

「そうじゃないと思うわ。密偵だと思っていたら、生かしてはおけないと思うでしょうから」

「いずれにしろ、まだ疑っているのだろ」

「…………」

女将は何も言わなかった。図星のようだ。鹿島の藤太は用心深い。吉次は少し焦りを覚えた。

だが、焦ってはだめだ。焦ればぼろが出やすい。

最後の客が引き上げてから、吉次は立ち上がった。

「また、明日来る」

「今度はうまく話しておくわ」

女将に見送られ、吉次は店を出た。

つけられている気配はなかった。まっすぐ冬木町の長屋に帰って来た。

翌日は雨模様の空で、冷え込みも厳しかった。

どこかから監視されている。吉次はそのつもりで行動した。まず、奉行所や火盗改めの密偵ではないことを悟らせない限り、相手は近付いて来ない。

吉次は永代寺門前町にある口入れ屋に顔を出した。相変わらず、ぶすっとした顔つきの亭主が帳場格子に座っていた。

吉次の顔を見て、亭主の顔つきが変わった。態度もいつもと違った。

「吉次さん。待ってました」

「何かあったんですかえ」

妙に思いながら、吉次はきいた。

「用心棒の口がありましたよ。お侍さんでなくてもよいとのこと」

「…………」

すぐに返事が出来なかった。もともと、用心棒の仕事など受けるつもりはなかった。まさか、そんな仕事があるとは思わなかった。そんなことで時間をとられるのは困る。あくまでも、単なる見せかけに過ぎなかったのだ。

「依頼人は、おつたという女の方です。とりあえず、明日から十日ほど、身辺の警護をお願いしたいとのこと」

「いや、それは……」

「手間賃も弾むとのこと」

断ろうと思ったとき、吉次ははたと気付いたことがあった。

侍であれば、ある程度の腕の見極めはつく。なのに、おつたという女はこっちの技量を知らないのにどうして依頼してきたのか。

罠だ、と吉次は思った。

きのうの亭主の顔色から、鹿島の藤太一味がここに吉次のことをききに来たことが察せられた。つまり、吉次が用心棒の仕事を探していることを知っている。

「わかりやした。お引き受けしやす」

「では、さっそく」

亭主は台帳を開き、おつたの家の場所を紙に書いて寄越した。

「さる大店の旦那の妾だそうです。詳しいことは、おつたさんからお聞きください」

亭主は商売になったから愛想がよかった。

「では、さっそく行ってみる」

吉次は口入れ屋を出た。

おつたの家は門前仲町《もんぜんなかちょう》に隣接する蛤町《はまぐりちょう》である。大島川に面している。

吉次は永代寺門前町から大島川沿いを蛤町に向かった。罠であろう。いや、むしろ罠であることを願った。

鹿島の藤太に関係ないことで、時間をとられたくなかった。

蛤町にやって来た。川の向こうに大名の下屋敷が幾つか建っている。格子造りの小《こ》体《てい》な家が見つかった。黒板塀に見越しの松がいかにも妾宅らしい雰囲気を醸し出していた。

吉次は格子戸を開けた。

「ごめんくださいやし」

すぐに奥から、首の長い若い女が出て来た。

「おつたさんはいらっしゃいますでしょうか」

「私です」

「これはどうも。口入れ屋の紹介で参りました」

「ああ、吉次さんね」

「へえ。さようで」

「上がって頂戴」

「へえ。でも」

吉次は遠慮した。

「いいのよ。仕事をしてもらうんだから。さあ、どうぞ」

「じゃあ、失礼します」

吉次は草履を脱いだ。

おつたは吉次を土間の横の小部屋に通した。ひんやりした部屋だ。手伝いらしく婆さんが手焙りを持って来た。

「ありがとうよ」

吉次は礼を言った。

おつたは改めて挨拶をした。

「おつたです。このたびはとんだお願いをしてすみませんねえ」

細身で、色っぽい女だった。二十六、七か。芸者上がりと思えた。

「吉次さんには私とうちの旦那を守っていただきたいの」

おつたは口許に笑みを湛えながら言った。

「まず、差し支えない範囲内で、事情をお聞かせいただけますかえ。ある程度、事情を知っていたほうがお守りしやすいと思いますんで」

「わかりました」

おつたは頷いてから、

「私の旦那は京橋にある足袋《たび》問屋の主人で茂兵衛《もへえ》と言います。私は木挽町の芸者でした。茂兵衛に落籍《ひか》され、ここに家を構えてもらったのです」

と、話しはじめた。

「じつは、芸者のとき、言い寄って来た男がいたんですよ。金貸しの道楽息子で喜之《きの》助《すけ》といって、いつも取り巻きを連れて威張っている男です。私は喜之助から逃げるように、茂兵衛さんの世話を受けることにし、深川に引っ越して来たんです。ところが、最近になって、喜之助の取り巻きのひとりがこの家の近くに現れたんです。きっと、何かするはずです。私は怖くなって」

この女の話がどこまでほんとうかどうかわからない。が、吉次は素直に受けとめ、

「わかりやした。ご安心ください」

と、応じた。

「お願いしますね」

「へい。ところで、どうしてあっしのような者に依頼を？　腕の立つお侍のほうが頼りになるんじゃありませんかえ」

吉次は疑問を口にした。

「じつは吉次さんが腕っぷしの強い川並の連中をやっつけたという噂を聞いたんですよ。そしたら、口入れ屋に行ったら、その吉次さんが用心棒の口を探しているっていうでしょう。それで、すぐお願いすることにしたわけ」

「そういうことですかえ」

「吉次さんは柔術の心得があるのでしょう。お侍さんだと相手を斬り捨ててしまうかもしれない。そこまでしたくないんですよ」

仲間を殺したら、喜之助が逆上して何をするかわからないからと言った。今だって何をするかわからないのではないかと思ったが、そのことは口にしなかった。

「わかりました」

「じゃあ、昼過ぎから夜の五つ（午後八時）までお願い。外に出かけるときだけ守ってくれればいいの。あとは、遊んでいていいわ」

「へい」

「じゃあ、さっそく明日から」

おつたは懐から財布を取り出した。

「これ、手付けに」

一両を差し出した。

「いいんですかえ」

「ええ。どうせ、旦那から出ているんだもの」

おつたは微かに笑みを浮かべた。

吉次はおつたの家を出た。まだ陽が高い。

おつたの言葉がほんとうかどうか。木挽町まで行って確かめてみたい気もするが、おつたが鹿島の藤太と関係ない人間だったとしても、吉次の動きは藤太一味に見張られていると思ったほうがいい。ここで役目を果たさないと、疑われる。

なるようになれだと自分に言い聞かせ、吉次は来た道を戻った。

門前町を過ぎ、入船町にやって来た。

『山川屋』の前に差しかかった。この五年で急激に伸《の》して来た材木問屋だけあって、店構えも大きくて看板も立派だった。

『山川屋』を素通りする。父に賄賂を贈ろうとして撥ねつけられたことが、山川屋の沽券《こけん》に関わったのかもしれない。

まさに、逆恨みだ。だが、鹿島の藤太を使って父の失脚を狙っている可能性も否定出来ない。藤太とのつながりさえ摑めれば、山川屋の企みを未然に防ぐことが出来るのだ。

堀に出た。川並が筏を操っている。水に浮かんだ木材の上に乗って転がしている男がいる。どこからか、木遣《きや》りが聞こえて来た。いい喉だ。

しばし聞きほれ、吉次は唄声のほうに足を向けた。筏の上で、寒風を受けながら、唄っている男がいた。

唄い終えた男が岸を見た。そして、驚いたような顔をした。

権太だった。

「うまいものだ」

吉次は大声で褒めた。

「てめえに褒められたってうれしかねえ。どうせ、唄なんかわかりゃしねえくせに」

権太の怒鳴り返す声が風に流れた。

「唄のわからねえ素人を唸らせるのがほんとうにうまいというものだ。せっくのいい喉を持っているんだ。乱暴して、怪我をしたらつまらねえ」

吉次は風に負けない声で叫び、そのまま踵《きびす》を返した。

五

翌日の午後から吉次は蛤町のおつたの家に詰めた。といっても、家に上がらず、勝手口から入り、台所で過ごした。

台所で煙草を吸っていると、心の臓が鷲摑みされたようになった。居間から、三味線の音が聞こえて来た。

元は芸者だったことを思い出した。

吉次は逃げるように狭い庭に出た。三味線の音が追って来る。耳を塞ぎ、裏口から塀の外に飛び出した。

弾きたい。三味線を持ちたい。撥を振りたい。突き上げてくる思いをぐっと押さえた。

四半刻(三十分)ほど経ち、裏口から入った。三味線の音は止んでいた。

「あら、吉次さん。どこへ行っていたんだえ」

おつたが台所にやって来た。

「へい。いちおう、外を見回って来ました」

吉次は言い繕《つくろ》った。

「そう。もうすぐ旦那が見えるわ。ちょっと挨拶してちょうだいな」

「わかりやした」

おつたが引き上げた。

それからしばらくして、格子戸が開く音がした。

旦那が来たのだと思った。男の声が聞こえて来た。柔らかい声だ。

足音がした。おつただ。

「吉次さん。来ておくれ」

「へい」

吉次はおつたのあとについた。

居間に入ると、長火鉢の前に男が座っていた。柔和な顔をした三十半ばぐらいの男だ。案外だった。もっと年寄りかと思ったが、想像よりはるかに若かった。

「さあ、入って」

おつたに急《せ》かされた。

「失礼します」

吉次は長火鉢の近くに腰を下ろした。

「吉次と申します」

吉次は頭を下げた。

「茂兵衛です。このたびは厄介をかけますが、よろしくお願いいたします」

茂兵衛は穏やかな口調で言う。

「へえ。必ず、ご新造《しんぞ》さんの身はお守りいたします」

妾というわけにもいかないので、そう呼んだ。

「吉次さんは柔術を会得されているとか。いったい、どちらで身につけなすったんで？」

茂兵衛はにこやかな表情できいた。

「へい。同じ長屋に、柔術を見せて金をとっている大道芸人がおりました。そのひとに教わりました」

「ほう、大道芸人ですか」

「芸人といっても、もとはお侍さまだったそうです」

「なるほど。だったら、腕は確かだったでしょう」

茂兵衛は満足そうに頷いた。

このやさしそうな顔をした茂兵衛が鹿島の藤太一味の者だろうか。だが、そうだとしたら、藤太はどうしてこれほど手の込んだ真似をしてまでこっちのことを調べるのか。

「で、その芸人さんは今は？」

「亡くなりました」

「そうですか」

「ひとつ、お訊ねしてよろしいでしょうか」

吉次は相手をためすようにきいた。

「なんですか」

茂兵衛は包み込むような眼差しを向けた。

「御新造さんに懸想《けそう》をしている喜之助というのはどんな男なのですか」

「木挽町界隈で幅を利かせている金貸し喜右衛門《きえもん》の倅です。残忍な男で悪知恵が働く。自分は手を下さず、他人にやらせる。始末の悪い男です」

「喜之助に雇われた連中というのは？」

「金のためならなんでもするやくざです」

「わかりやした。しっかりやらせていただきますんで」

「頼みましたよ」

「へい」

「吉次さん。夜、旦那が帰るまで特に用がないから勝手に過ごしてくださらない。旦那が帰るのを送ってもらうわ」

おつたが鷹揚に言った。

「へい、畏まりました」

吉次は挨拶をして、腰を浮かせた。

立ち上がったとき、ちらっと三味線を見た。胸の底から突き上げて来るものがあり、吉次は足早に部屋を出て行った。

台所に、手伝いの婆さんがいて、茶をいれてくれた。

「すまねえな」

吉次は湯呑みを持った。

「普段はおつたさんとふたりだけなのかえ」

吉次は声をかけた。

だが、婆さんはただ笑っているだけだ。

「婆さん」

一段と高い声を出したが、婆さんの表情は変わらない。耳が遠いのではなく、聞こえないのかもしれない。

「ありがとうよ」

茶を呑み終え、湯呑みを返す。

婆さんは笑顔で会釈した。

「ちょっと、外に出て来る」

吉次は言ったが、婆さんはわかったのか軽く頷いた。

吉次は大島川のそばに佇んだ。筏を引っ張った船が通った。

茂兵衛は穏やかな人柄のようだ。ほんとうに足袋問屋の主人かもしれない。だとしたら、こんなことにかかずらっている暇はないのだ。

一刻も早く、鹿島の藤太に接触し、『山川屋』との繋がりを確かめなければならない。その焦りより、やはり心に重たくのしかかっているのは三味線のことだ。そろそろ、稽古をしなくなってからひと月近くになる。

ちくしょうと、吉次は呻いた。

夜、茂兵衛が帰る。ほろ酔いだ。おつたが別れを惜しむように、茂兵衛のそばにくっついていた。

「じゃあ、戸締りを忘れずにな」

茂兵衛がおつたに言う。

「はい。お気をつけになって」

「うむ」

「吉次さん。頼みましたよ」

おつたは吉次に言った。

「任してください」

吉次は安心させるように言う。

「じゃあ、行きましょうか」

吉次に声をかけ、茂兵衛は門を出た。

冷たい風が吹いている。

「すまないね。いつも利用している船宿は亀久橋のそばにあるんです」

川沿いを歩きながら、茂兵衛は言う。

「あっしの住まいが冬木町なので、あっしには都合がよござんす」

ふたりは三十三間堂裏から油堀川に差しかかった。

「旦那。さっきからつけている人間がおります。気がついただけで三人」

吉次は声を潜めて言った。

「喜之助の仲間でしょうか」

茂兵衛は後ろを見た。

「どうやら、襲って来そうな様子です。心配いりません。私から離れないように」

吉次は茂兵衛に声をかけ、油堀川を渡った。

ひと通りは絶え、寂しい道だ。仙台堀に突き当たると、ちょっとした広い場所になる。襲って来るとしたら、そこだと思った。

吉次は歩きながら背後に注意を向ける。だんだん、近付いて来た。微かに地をするような足音から敵は四人だとわかった。

いよいよ仙台堀に近付いた。

「旦那。あっしから離れずに」

その言葉で、茂兵衛も察したようだった。

仙台堀に差しかかったとき、急に足音が荒くなった。

「待て」

四人の黒い影が迫って来た。

「何か用か」

吉次が振り返って叫ぶ。

素顔を晒したまま、細身の男がつかつかと前に出て来た。近くで見た顔は頬がこけ、不気味なほど眼窩《がんか》もくぼんでいた。

「後ろの男を出してもらおう」

吉次は茂兵衛を背後にかばったまま、

「名前を名乗ったらどうだ?」

と、静かにきいた。

「名乗る必要はない。どけ」

「誰だ。俺は用心棒だ。場合によっちゃ、俺が相手になるぜ」

「おもしれえ。おい、こいつからやっちまえ」

中肉中背の男が匕首を構えて突進してきた。吉次は体《たい》を開いてかわし、相手の手首をひねって投げ飛ばした。背中からまともに地べたに落ち、男は悲鳴を上げた。

続いて、がっしりした男が吉次の胸を摑みに来た。吉次は腰を落として男の胸元に飛び込んで足蹴を加えた。

悲鳴を上げ、数歩片足飛びして前のめりになった。吉次が体勢を立て直したとき、背後から羽交い締めにされた。そして、片腕を素早く吉次の首に巻き付け、凄まじい力で締めつけて来た。

吉次は体をひねりながら肘を思い切り後ろに振り、背後の敵に肘鉄《ひじてつ》を食わせた。腕の力が緩んだ隙に相手の腕から逃れ、腹を押さえている男に鉄拳を見舞った。

派手に男は後ろに倒れた。

「やるな」

四人目の男は侍だった。長身の浪人だ。ゆっくり、刀を抜いた。

足元に落ちていた匕首を素早く拾い、吉次は腰を落として構えた。浪人は剣を片手に一見無造作に迫って来た。だが、間合いが詰まったとき、上段に構えを移し、裂帛《れっぱく》の気合で斬り込んで来た。

同時に吉次も踏み込んだ。振り下ろされた剣を吉次は匕首で受けとめた。が、相手は剣に渾身の力を込めて来た。匕首では相手の力を支えきれない。吉次の腰が沈みかけた。

が、吉次は匕首を手から離し、素早く相手の懐に頭から飛び込み、相手の襟元を摑んで足払いをした。

浪人は横転した。

「いいか。殺すなと雇い主から言われていたから殺さなかったんだ。今度来やがったら、命はともかく片手、片足はなくなると思え」

吉次は倒れている男たちに言い放った。

「吉次さん。行きましょう」

茂兵衛が声をかけた。

「へい」

倒れている男たちを捨ておき、吉次は茂兵衛とともに亀久橋に向かった。

「いや、お見事でした。たいしたものです」

茂兵衛は感心して言う。

「恐れ入ります」

もう亀久橋だ。船宿の提灯の明かりが揺れている。

「ここで結構です」

船宿の前で、茂兵衛が立ち止まった。

「さいですか。では、お気をつけなすって」

「もう、二度と襲って来ることはありますまい」

「じゃあ、あっしのお役目も済んだってことでございますね」

「念のために、あと三日いてください。それまでに、またおつたの家に行きます。そのとき、あらためて、吉次さんと今後のことをお話ししましょう」

「今後のこと？」

吉次はなんだろうと考えた。

「では」

軽く会釈をし、茂兵衛は船宿の土間に入って行った。

吉次はそのまま冬木町の長屋に帰った。

翌日の昼過ぎ、吉次はおつたの家に行った。

格子戸を開けると、おつたが出て来た。

「いらっしゃい」

おつたが笑みを漂わせていた。

「ゆうべはどうでした？」

おつたはきいた。

「へえ、無事、船宿までお送りいたしました」

「そう、ごくろうさま」

途中、何かあったかなどとはきかなかった。

「きょうは、旦那はお見えじゃないけど、あとで、私は出かけます。ついてきてくださいな」

「へい」

喜之助が新たな人間を雇って、また襲って来る可能性も捨てきれない。

吉次は台所で、手伝いの婆さんと過ごしたが、きょうは三味線の音が聞こえて来なかった。

八つ（午後二時）過ぎに、おつたが呼びに来た。

「吉次さん。出かけますから」

「へい」

吉次は立ち上がった。

おつたは駒下駄を鳴らし、風呂敷包を手にして家を出た。吉次は少し遅れて、後ろから周囲を見ながらおつたのあとに従った。

家の近くからついて来る人間はいなかった。しかし、前方からやって来る人間にも注意を払わねばならなかった。遊び人ふうの男だけでなく、行商人や職人体《てい》の男にも用心が必要だ。すれ違いざまに、匕首で刺すということもありうる。昼間から襲って来る者はあるまいと思うが、油断は出来なかった。

おつたは油堀川を富岡橋で渡り、そのまま仙台堀を越え、さらに小名木川にかかる高橋《たかばし》に差しかかった。

ここまであやしい人間はいなかった。浪人が橋を渡って来る。抜き打ちに斬りつけてくることも考え、吉次はおつたに近付いた。何かあったら、すぐに浪人に飛び掛かるつもりだ。

だが、何ごともなく、浪人はすれ違った。

おつたは橋を渡り切ったところで、立ち止まった。

「ここで待っててくださいな。訪ねるひとはこの近くなので」

おつたが吉次を待って言った。

「わかりやした。ここでお待ちしております」

「お願いね」

おつたは常磐町三丁目の通りに足を向けた。橋の袂に立ち、吉次は見送りながら、なぜ、こんな場所に待たせるのか疑問に思った。

行き先を知られたくないだけだろうか。またしても、新たな疑問を覚えた。何か目的があって、俺をここに立たせたのではないか。吉次は警戒して辺りを見回した。

商家の内儀ふうの女が小僧を連れて橋を渡って来た。北森下町のほうから駕籠がやって来た。空駕籠だ。そのまま橋を渡って行った。

橋をいろいろな人間が行き交う。こっちを気にして通りすぎて行く者もいるが、突っ立っている男を訝っただけだろう。

足元から寒気が押し寄せてくる。川の水も冷たそうだった。ふと、誰かに見られているような感覚があった。

吉次は視線の方角に目をやった。常磐町三丁目のほうだ。視線はやがて消えた。

それからしばらくして、おつたが戻って来た。風呂敷包を手にしたままだ。

「ごめんなさいね」

　おつたは吉次に声をかけ、橋を渡った。

　吉次は黙ってついて行った。だが、どうやら、おつたは訪れた相手に首実検をさせたのではないかと思った。

　何ごともなく、蛤町の家に帰った。

　陽光は西に傾いていた。

「吉次さん。きょうはこれでいいわ。ご苦労さん。明日、またよろしく」

「へい。それじゃこれで」

　吉次はおつたの家を出た。

　冬の日は慌ただしく暮れて行く。永代寺の前を通り、三十三間堂裏に差しかかった。

『ひさ屋』の前に来たら、女将が縄暖簾をかけようとしていた。

「あら、吉次さん」

　女将と目が合った。

「寄って行きなさいな」

「そうだな」

　最初からそのつもりだった。この女将が鹿島の藤太との繋がりを持っているのだ。

まだ、客がいないので、話をきくのにちょうどよかった。

小上がりのいつもの場所に座って、酒を注文したあとで、すぐ女将にきいた。

「その後、現れないか」

「来ないわねえ」

藤太の一味のことだ。女将はとぼけていると思った。が、証拠がないので、追及は出来ない。

「蛤町に住んでいる芸者上がりのおったって女を知っているか」

「さあ、知らないわ」

女将が板場に行き、酒を持って来た。

「さあ、どうぞ」

女将が徳利を持った。

「すまねえ」

吉次は猪口を差し出す。

「おったって女のひとがどうかしたの？」

女将が窺うようにきいた。

「今、そこで働いている。用心棒だ」

「まあ、そう」

驚いたように反応したが、わざとらしくもあった。

もし、おつたや茂兵衛が鹿島の藤太の仲間だったら、当然この女将とも顔見知りのはずだ。

そのとき、戸が開いて、数人の男が入って来た。

川並の連中だ。権太の顔はなかった。吉次の場所から離れたところに座った。その中で、こそこそしている男がふたりいた。いつぞやの夜、襲ってきた中にいた者に違いない。

連中は酒を呑みはじめたが、静かだ。ときたま、こっちを見る。吉次を意識しているのだと思った。

それからしばらくして、遊び人ふうの男が入って来た。左眉の横に傷があり、険しい顔をしている。

吉次の近くに腰を下ろした。

女将が接客している。板場に戻る女将の顔が強張っているように思えた。吉次は緊張した。この男が鹿島の藤太の一味かもしれないと思った。

女将が男のもとに酒を運んだ。

「女将。こっちも頼む」

吉次は女将に酒の追加を頼んだ。

男は辺りを見回しながら酒を呑んでいる。男の視線が吉次に向けられた。窺うような目だ。吉次はその視線を受けとめた。

向こうが先に外した。女将が酒の追加を持って来た。

「あの男は？」

「匂わない？」

「匂う？　何がだ？」

吉次は怪訝そうにきいた。

「あとでわかるわ」

意味ありげな言い方をして、女将は下がった。

手酌で酒を呑んでいると、戸が開いて冷たい風が入って来た。戸口を見ると、大男の権太が現れた。

吉次の顔を見ると、すぐ目を逸らし、仲間たちのところに向かった。

しばらく権太たちは騒いでいたが、何を思ったか、権太がひとりで近付いて来た。

「どうした？」

吉次は訝しげにきいた。食いつきそうな顔つきではないからだ。

「あんた、吉次さんっていうのか」

「そうだ」

「唄がわかるのか」

「唄？　木遣りか。うまいかへたかわかる。おまえさんはいい喉だ。てえしたもんだ。十分に音頭をとれる」

木遣りとは重い材木などを大勢で唄いながら運ぶことで、そのときの作業唄が木遣り唄である。

「俺なんか、まだまだ」

柄になく、権太は照れた。

ふと、川並と親しくなっておくのも悪くないと思った。ひょっとしたら、材木問屋の『山川屋』について何かきき出せるかもしれない。

「まあ、いっぱいやらねえか」

吉次は自分の猪口を空けて、権太に渡した。

「こいつは、どうも」

権太は頭をひとつ下げた。

「それにしても、吉次さんは強い。俺はたまげたぜ」

「柔術を習っていたからだ。俺が柔術を習っていたことを知っていたら、おまえさんの出方も違った。それだったら、結果は違っていたかもしれねえ」

吉次は権太の仲間に聞こえるように話した。権太の体面を考えてのことだ。さっき、みなといっしょに入って来なかったことからでも、仲間うちの評判を下げていたものと思える。

「おまえさんは木遣りの名人だ。せっかくの喉を持っているんだ。つまらねえ喧嘩で体を傷つけるような真似はしないことだ」

「俺、そんなにいい喉か。世辞じゃねえのか」

権太が疑い深そうにきいた。

「世辞なんか言ったって、俺にはなんの得にもなりゃしねえ」

「そうかえ。でもな、唄のわかるひとに言われりゃその気になるが、吉次さんではな。いや、気を悪くしないでくれ」

権太はあわてて言った。

「てやんでえ。俺だって、ひところは元芸者の師匠のところで音曲を習っていたんだ。耳は肥えている」

「吉次さん、音曲をやっていたのか。三味線も弾けるのか」

「まあな。しばらくやってねえが」

すると、川並仲間のひとりが、

「何かやってみろや」

と、声をかけた。

「そうだ。吉次さん。やってくれ」

「冗談言うな。三味線なんかねえ」

「三味線ならあるよ」

女将が声をかけた。

吉次は心《しん》の臓を鷲掴みされたようになった。三味線があると聞いて、身が震えた。

「おや、吉次さん。顔が青くなったよ。さては、三味線やっていたなんて嘘だね」

女将が挑発するようにきいた。

「どうなんだえ」

挑発に乗ったわけではない。何日も水分をとらず喉が渇ききったように、吉次は三味線を弾きたかったのだ。

「じゃあ、貸してくれ」

「あいよ」

女将がにやりと笑った。

いったん奥に引っ込んだ女将が三味線と撥を持って来た。

吉次は三味線を手にした。そして、いとおしい女のように抱きしめた。久し振りの感触だ。

糸は緩んでいた。吉次をためすためにわざと緩めたのか、しばらく使っていないので緩んでいたのか。

吉次はあぐらの膝に三味線を置いた。撥を握る。はっとした。手の感覚がしっくりいかない。以前なら、撥と手が一体となったのに、何か異物を握っているという感じだ。

深呼吸をして心を落ち着かせる。何度か撥を握り直して、どうにか手に納まった。

糸を二上がりに合わせる。正座をして、本式に長唄を弾いたら素性に疑いが持たれるかもしれない。

崩した姿勢で、吉次は撥を振り下ろし「チャチャンチャン、チャチャンチャン」と前弾きに続き、吉次は唄いだした。深川節である。

　猪牙《ちょき》でセッセ　行くのは　深川通い
　渡る桟橋のアレワイサノサ

一度、料理屋で芸者から教わった端唄《はうた》である。わざと崩れた感じで唄い終えると、やんやの喝采を浴びた。

「うめえもんだ」

　権太が目を丸くして昂奮している。

「いや、だめだ」

　吉次は呻くように言った。勘所《かんどころ》をいくつか微妙にはずした。こんなことはかつてなかった。やはり、ひと月近くも稽古から離れ、勘が鈍っているのだ。

「吉次さん。あんた、相当やっていたね」

　女将が鋭くきいた。

「じつは、俺のおふくろは芸人だった」

　とっさに嘘をついた。この中で、芝居を観に行った者がいるかもしれない。ひょんなことから疑られたら元も子もなくなる。

「芸人がいやで飛び出しちまったが……」

これ以上追及されると、柔術を習っていたこととの辻褄が合わなくなる恐れもあり、吉次は権太に向かって、

「どうだえ。今度は木遣りを聞かせてくれないか」

と、話題を逸らした。

「いや。俺なんぞの唄より、またなんかやってくれ」

権太は遠慮した。

「さあ、やってくれ」

まわりの男たちから囃《はや》し立てられた。

「さて、何が出来るか」

吉栄こと矢内栄次郎なら端唄や俗曲をよく知っているが、吉次は数限られている。それでも、深川に縁のある唄を探した。

心で帰し手でとめて　嫌なお客を無理どめするも　泣いて見せるも
それ裏のうら　常に恨みし八幡鐘も　早く告げよと思うは今宵
ここが苦界《くがい》のまんなかかいな

唄い終えて、またどよめきが起こった。

「吉次さん。三味線で飯が食えるんじゃないのかえ」

女将が目を輝かせた。

「いや。だめだ。女なら芸者に出られるが、男じゃしょうもねえ」

そのとき、さっきの男が戸口に向かうのが目に入った。

吉次は三味線を女将に帰した。

「なんだ、もうおしまいか」

誰かの声がした。

「ああ。まただ」

吉次は言ってから、権太に向かい、

「今度、じっくりその喉を聞かせてくれ」

と、言った。

「女将。勘定だ」

吉次は金を払い、静かに外に出た。

女将が見送っているので、吉次はゆっくり歩き、女将から姿が見えなくなってから、裾をつまんで足早になった。

しかし、男がどっちに行ったのかわからないのだ。追いつくことは無理だった。

第三章　裏切り

一

翌日は朝から雨模様の空で、昼間なのに夕暮れのように薄暗かった。

昼過ぎ、おつたの家に向かう途中、吉次は三十三間堂前で木場のほうに走って行く岡っ引きと手下を見た。

そのあわただしい様子に異変を察し、吉次は無意識のうちに岡っ引きのあとを追った。

島田町に入り、『山川屋』の前を通った。

木置場を過ぎ、堀に出ると、ひとだかりがしていた。岡っ引きがひとの輪をかきわけた。その先にひとが横たわっていた。莚《むしろ》がかけられていたので、死んでいるとわかった。

どうやら水に浸かっていたらしい。莚の下は濡れていた。

こんなところで土左衛門《どざえもん》か、と吉次は不思議に思った。まさか、川並が溺れるとは思えない。

辺りを見回し、水のほうに目をやった。筏には川並が何人もいた。その中に、権太の姿を見つけ声をかけた。

「権太さん」

「おう、吉次さんか」

権太が筏を伝って陸にやって来た。

「まさか、川並が酔っぱらって川に落っこちたってわけじゃあるまいな」

吉次は不思議そうにきいた。

「川並じゃねえ。それに、殺しのようだ。心の臓を刺されている」

「ほんとうか」

「そうだ。俺たちが見つけたんだ。筏に乗っていたら、ぷかぷか浮いていた」

権太は顔をしかめて答えた。

「殺されたのはどんな男だ？」

なぜか、昨夜の眉の横に傷がある男を思い浮かべた。

「『ひさ屋』で何度か見かけた男に似ていた」

やはり、そうかと思った。

この目で確かめようと、吉次は岡っ引きがいるところに向かった。

「だめだ」

手下らしい男が遮った。

「へえ。知り合いかどうか確かめたいんです」

吉次は頼んだ。

耳に入ったのか、岡っ引きがこっちに顔を向けた。

「おい、寄越せ」

手下に命じた。

「じゃあ、行っていいぜ」

手下が道を開けた。

吉次は岡っ引きのそばに行った。足元に男が倒れている。

「見てみろ」

岡っ引きが筵をめくった。

「へい」

吉次は顔を覗き込んだ。確かに、眉の横に傷があった。間違いない。きのう、『ひさ屋』にいた男だ。

「どうだ？」

「すいやせん。ひと違いでした」

「ちっ。手間かけやがって」

岡っ引きは吐き捨てた。

吉次は引き返した。そのとき、深編笠をかぶった侍が去って行くのを見た。火盗改めの同心根津鯉太郎に似ていた。

火盗改めが送り込んだ密偵だったのか。追いかけて行って事情を問いただしたいと思ったが、鹿島の藤太一味に火盗改めと会っているところを見られてたらすべてが水の泡となる。

それより、根津は俺のことに気づいただろうか。

いずれにしろ、火盗改めも鹿島の藤太一味の捕縛に躍起になっていることが窺える。

ふたたび、『山川屋』の前に差しかかったとき、後ろから権太が追って来た。

「吉次さん。どうかしたのか」

権太がきいた。

「どうして？」

「なんだか、恐ろしい形相で帰って行ったからさ」

「いや。なんでもねえ。それより」

　吉次は『山川屋』に目を向け、

「『山川屋』で仕事をしたことがあるかえ」

　と、小声できいた。

「あることはあるが」

　権太は顔をしかめた。

「どうしたんだ、何かあったのか」

「いや。おれは、ここの主人はあまり好きじゃねえんだ」

「おう、どうして？」

「妙に気取っていやがって。俺たちを蔑《さげす》む目で見やがる。商売も汚ねえからな」

　権太は吐き捨てるように言う。

「そんなに汚ねえのか」

「そうだ。『山川屋』の文五郎はもともと別な材木商の手代だった男だ。主人を裏切り、店を乗っ取ったも同然という噂だ。汚い手を使って伸《の》して来た成り上がりだ。深川っ子とは肌合いが違う人間だ」

「老舗の材木商の手代から独り立ちして材木問屋を新たに興したんじゃないのか」

「見かけはそうだが、実際は奉公人も引き抜き、客も奪って店を興したんだ。金にものを言わせてな」

「そんな頃から金があったのか」

「なんだか知らねえが、結構金を持っていたようだ。番頭だったのにな」

文五郎が材木問屋をはじめるにあたり、誰かの後ろ盾があったのだろうか。

そのとき、店先に文五郎が現れた。供を連れ、こっちに向かって歩いて来た。

紺の大島紬に黒の羽織。羽織が風に翻り、金糸の刺繍がしてある裏地が覗いた。

権太が会釈をする。文五郎は見向きもせず、そのまま堀のほうに歩いて行った。

「木置場に行くのか」

吉次は文五郎を見送りながらきく。

「さあ。洲崎弁天にある料理屋かもしれねえな。昼から酒を呑んで、うまいものを食って……」

権太は口許を歪ませた。

「押込みに入られた『飛騨屋』との仲はどうだったんだね」

「『飛騨屋』の旦那は山川屋を嫌ってましたぜ。やり方が汚いって。なにしろ、よその仕事を平気で横取りしてしまうんですからな」

「じゃあ、木場じゃ、山川屋の評判は芳《かんば》しいものではないな」

「ところが、『山川屋』は金が唸るようにあるようだ。深川の祭にも寄付をたくさん出す、掘割の修復工事にも金を一番多く出す。そんなだから、みな頭が上がらねえ」

権太はいまいましげに言う。

「汚ねえ野郎だ」

吉次は吐き捨てた。

「その点、亡くなった『飛騨屋』の旦那は出来たお方だった。あっしらにもよくしてくれた」

「うむ」

作事奉行の父も『飛騨屋』を信頼していた。だから、権太の言うことがよくわかる。

「あんないい旦那を殺しやがって。鹿島の藤太って盗人は人でなしだ」

「『飛騨屋』に押し込んだのは鹿島の藤太なのか」

「そうだ」

「どうして、そう思うんだ?」

「みんな、そう言っている」

「誰が言い出したんだ?」

「さあ」

「岡っ引きはどう言っているんだ?」

「そうかもしれねえと」

「言い切ってはいないんだな?」

「そうだが」

権太は不思議そうな顔をして、

「それがどうかしたのか」

と、きいた。

「いや」

鹿島の藤太はこの付近に居を構えているに違いない。どこかで山川屋と繋がりが出来たのだろう。

「おっと、俺も持ち場に戻らねえと。じゃあ、吉次さん。また。『ひさ屋』で会おう」

とあわてて言い、引き返して行った。

吉次はおつたの家に急いだ。

四半刻後、吉次はおつたの家の台所の板の間であぐらをかいていた。もう、用心棒は必要ないはずだ。

あとで、旦那が来たら、用心棒の仕事から解き放してもらおう。

さっきの死体の主は火盗改めの密偵の可能性が高い。鹿島の藤太一味の仕業に違いない。早く、藤太一味に近付き、『山川屋』との繋がりを示す証拠を探り出さねばならない。

そんなことを考えていると、格子戸の開く音がした。茂兵衛がやって来たのかもしれない。

しばらくして、おつたが呼びに来た。

「吉次さん。旦那がお呼びよ。来てちょうだいな」

「へい」

吉次はすぐ立ち上がった。

おつたのあとに従い、吉次が居間に行った。

茂兵衛は長火鉢を前にして、煙管《きせる》をくわえていた。

「吉次さん。まあ、そこに座っておくれ」

柔らかい声で、茂兵衛が言う。

「へい」

「吉次さん。この前ちょっと言ったと思うが、話がある。大事な話です」

茂兵衛は温和そうな目を細めて言った。

「吉次さんは三味線が上手なそうですね」

「どうして、それを?」

きのうの『ひさ屋』でのことが、どうして、茂兵衛の耳に入ったのか。まだ、丸一日も経っていないのだ。あの場に居合わせた誰かが、茂兵衛に告げたとしか考えられない。

「教えてくれるひとがありましてね」

「誰ですか」

「それより、あなたは芸人の子というのはほんとうなんですか」

茂兵衛のやさしそうな目が鈍く光った。吉次はおやっと思った。茂兵衛の印象が変わった。

「へい。そのとおりで」

「せっかく三味線の腕がありながら、芸の道を行かなかったのですかな」

言い方も別人のようだった。

「男が三味線一筋で食べて行くのはたいへんです。あっしは貧乏暮しがつくづくいやになった。だから、別の生き方を見つけようとしたんです」

「それが鹿島の藤太一味に入ることだと？」

あっと思った。やはり、茂兵衛はただ者ではなかった。

「失礼ですが、藤太親分ですかえ」

吉次は居住まいを正してきいた。

「そうだ。俺が藤太だ」

温厚な顔だちが別人のようになった。

「あなたが……」

吉次はじっと茂兵衛、いや藤太と名乗った男を見つめた。眼光にひとを威圧する鋭さがあった。吉次は目を逸らすようにおつたに目をやった。

「騙《だま》してごめんなさいね」

おつたが含み笑いを浮かべた。

「そうですか。あなたが藤太親分でしたか」

もしやという気がしないでもなかったが、なぜ、こんな手の込んだ真似をしたのかがわからない。

吉次はそのことをきいた。

「火盗改めの密偵かどうか見定めるためだ」

「では、密偵ではないとわかったんですかえ」

「密偵は始末した」

「じゃあ、木場で見つかったのが……」

「そうだ。火盗改めの密偵がこの界隈を探索しているという知らせがあったのだ。てっきり、おまえさんがそうだと思っていた。だが、襲撃に失敗した。二度目は俺の目の前で、おまえさんの凄腕を見せられた。そんとき、密偵にしちゃ、腕が立つと思ってな。それで、おめえの顔を見てもらったんだ」

「高橋の袂で、おつたさんを待っているとき、常磐町三丁目のほうから視線を感じました。あんときのことですね」

「さすがだな」

藤太は苦笑した。

「その男は密偵にあんな顔の男はいないと言った」

「つまり、その男も火盗改めの密偵なんですね」

「そうだ。我らの仲間を送り込んでいる。だから、火盗改めの動きはこっちに筒抜けだ。我らの探索のために密偵が入り込んだというのも、その男が知らせてくれるのだ」

「よく火盗改めにばれませんね」

「その男は他の盗賊の探索には目ざましい働きをしているので、火盗改めには信用されている。我らのことだけを知らせてくれる。もっとも、気づかれぬように細心の注意を払っているがね」

火盗改めの密偵も、岡っ引きのように元は盗人の類《たぐい》が多い。

「吉次さんのことを調べるのに、危ない思いをして兄さんにわざわざ常磐町まで来てもらったのさ」

おつたが含み笑いをした。

「兄さん？」

吉次はきき返した。

「ええ、あたしの兄さんがその密偵」

「道理で」

それで、鹿島の藤太には忠誠を尽くしているのか。

「ところで、おまえさんの狙いはなんだ？」

藤太が改めてきいた。

「仲間に入りたいなんてえ言い訳は聞かねえ。まず、なぜ、俺に目をつけたのか教えてもらおう」

「わかりやした」

仲間に入りたいというだけでは理由として弱いと思っていた。だから、吉次は別のわけを考えてあった。

「あっしは芸人として生きていくには中途半端だし、たとえ芸人になったとしても、たくさん稼げるわけじゃねえ。それに柔術の腕だってもてあましています。あっしは面白おかしく生きてえ。太く短く生きたい。そう思って、盗人になることを決めたんです。独り働きは無理だ。どっかの親分の下で働きたい。そう思っていたとき、材木問屋『山川屋』を後ろ盾にしている鹿島の藤太親分のことが……」

「ちょっと待て。『山川屋』を後ろ盾とはどういうことだ？」

藤太が口をはさんだ。

『山川屋』との関係を、藤太がおいそれと明かすわけはないと思っている。

「『山川屋』はこの五年で急速に伸《の》してきた材木問屋です。今や木場でも、一、二を争う材木商です。僅かな期間でこれだけになったのですから、そうとうなことをやって来たはず。おそらく、有力な後ろ盾があればこそ。その『山川屋』と繫がっている鹿島の藤太親分なら……」

「もういい」

　藤太が不快そうに言った。

「へえ」

　吉次は相手の顔色を窺った。

「どうして、俺が『山川屋』と繫がっていると思ったんだ？」

「それは、同じ材木問屋の『飛驒屋』と神田須田町の宮大工の棟梁の家のふたつの押込みですよ。あっしは、このふたつには『山川屋』の指示があったと思っています。そうでなければ、鹿島の藤太親分が宮大工の棟梁の家に押し入るわけはありませんから」

「おまえさん。大きな勘違いをしているな」

　藤太が凄味のある声を出した。

「勘違いですって」

「そうだ。俺たちは『飛騨屋』も宮大工のところもまったく関係ねえ」

「えっ」

吉次は藤太の目を見つめた。

「『飛騨屋』が俺たちの仕業だという噂が立っているのは知っている。だが、宮大工のほうも俺たちの仕業にされているとは知らなかった」

「親分。それはまことで？」

「ほんとうだ。だから、俺たちは『飛騨屋』に押し入った盗賊を探し出そうとしてきた。虚仮《こけ》にされたも同然だからな。だが、盗賊仲間からもいまだに何も摑めなかった」

「…………」

吉次は藤太が正直に語っていると思った。

「今聞くと、『山川屋』が絡んでいるということだが？」

「そうです。てっきし、あっしは藤太親分が『山川屋』の文五郎に頼まれて押し入ったとばかし思ってました。そうじゃないとなると……」

「吉次さん。『山川屋』はなんのために押し入らせたというんだね」

おつたが横合いからきいた。

「狙いは、『飛騨屋』の主人夫婦と番頭、それに宮大工の棟梁の命を奪うこと」

「なんのためにだえ」

「『飛騨屋』と殺された棟梁は上野寛永寺の本堂の修復工事に関わっております。この者たちが殺されたため、材木の調達が遅れ、仕事が出来る大工の手配が遅れ、修復工事に遅れが生じました。おそらく、今の作事奉行の失脚を狙ってのことではないかと」

　吉次は息継ぎをして続けた。

「だが、単に襲ったのでは狙いが露顕してしまいかねない。そこで、押込みが入って殺されたというふうに装ったのです」

「なるほど」

　藤太は腕組みをした。

「親分はほんとうに山川屋文五郎と関係ないんですね」

「ない」

「でも、文五郎は藤太親分のことを知っていた。だから、利用したんです」

　藤太が腕組みを解いた。

「おまえさん。何者なんだ？」

いきなり、藤太がきいた。

「芸人の子だなんて嘘だ。おまえさんの度胸と落ち着き。俺たちのような血の海での修羅場をくぐってきた者とは違う腹の据わり方がある。おまえさん、武士じゃねえのか」

「……………」

吉次は返答に詰まった。

「どうやら図星らしいな」

「親分。そのとおりだ。だが、それ以上の詮索はなしにしてくれ。俺の動きは秘密にしておきたいんだ」

吉次は頼んだ。

「いいだろう。俺は虚仮にされた恨みを晴らすだけだ」

「あっしにも手伝わせてくれ」

「いいだろう」

「でも、どうするのさ?」

おつたが緊張した声で言った。

「『山川屋』に押し入るんですよ。そして、文五郎を問い詰めるんです」

吉次は身を乗り出して言った。

「よし。『飛騨屋』で起こったことを、『山川屋』でも再現してやろう」

藤太が口許を歪めて不敵に笑った。

二

それから、鹿島の藤太一味は『山川屋』を探りはじめ、五日経った。

吉次も『山川屋』に忍び込み、文五郎を問いつめるつもりだった。『飛騨屋』を襲撃させた目的を文五郎が素直に白状するとは思えないが、それしか方法がなかった。

寒さがさらに厳しくなった。その夜、おつたの家に一味が集まった。

二階の部屋の間の襖をとっぱらい、藤太を中心に車座になった。吉次はその輪から離れ、壁に寄り掛かって、打ち合わせを聞いていた。

「『山川屋』に忍び込むのは、予定どおり明日の夜だ」

藤太が鋭い声で言う。

一味の者がほぼ同時に、おうと声を上げた。

吉次に痛めつけられた連中がときおり、吉次に冷たい視線をくれた。ひとりいる浪人も、吉次に敵意に満ちた目を向けている。藤太の前だからおとなしくしているが、油断を見つけたら何をしでかすかわからないような殺気すら感じられた。

　真ん中に広げてあるのは、『山川屋』の家の見取図だ。あくまでも外から眺め、さらに、それとなく『山川屋』の女中から奉公人の部屋の場所をきき出し、同業者など『山川屋』を訪れた者から客間の場所をきき出した。

　そして、昨夜は仲間のひとりが『山川屋』に忍び込み、主人の部屋や番頭の部屋などを調べた。その上で作った見取図である。かなり大きな家だ。

「内庭に面したこの部屋に主人夫婦がいる。俺たちはまっさきに主人夫婦を襲う。あとの連中は奉公人をこの広間に集めるんだ。下男下女もいっしょだ……」

　藤太が説明している。

　ふと、自分の名が出たので、吉次は顔を向けた。

「おかしら。吉次はほんとうに信用出来るんですかえ」

　そう口に出したのは一味の中でもっとも年長の男だった。勝蔵《かつぞう》という番頭格の男だ。

「もし、吉次が火盗改めの密偵だったら、俺たちは一網打尽ですぜ」

　勝蔵は思慮深い顔だちに憂いを浮かべて言う。

「その心配はない」

藤太が否定する。

「お言葉を返すようですが、『山川屋』の件は吉次の言葉だけですぜ。『飛騨屋』に押し込んだのは鹿島の藤太一味だという噂が流れているのは知ってましたが、『山川屋』が背後にいるなんて、吉次の言葉以外にはなんの証拠もありません」

「吉次の言葉は信用出来る。それに、仮に嘘だったとしても、俺たちにはいつもどおりのお勤めを果たすだけだ」

「ですが、何か裏があるかもしれませんぜ」

「考えすぎだ」

「そうでしょうか。じつは、あっしは紙屑買いになって『山川屋』の台所に入って行きました。そんとき、庭を横切る浪人を見ました」

「浪人だと？」

「それもふたり」

勝蔵は眉根を寄せた。

「用心棒か」

「この見取図には離れがねえ」

勝蔵が妙なことを言った。

「離れだって？」

一味の誰かが素《す》っ頓狂《とんきょう》な声を上げた。

「そうよ。離れよ」

勝蔵は一味の全員を見渡すようにしてから、

「俺はこっそり浪人のあとをつけた。すると、離れに向かった。驚くじゃねえか。離れにはもうひとり浪人がいた。全部で三人だ」

「そいつはほんとうか」

藤太が顔色を変えた。

「間違いねえ。浪人たちは裏口から出入りをしているから目立たねえが、『山川屋』には三人の浪人がいるんですぜ」

吉次は浪人には気づかなかった。用心棒なら、文五郎が出かけるときに護衛についていきそうなものだが、文五郎の外出に浪人が付き添ったことは一度もない。

「押込みに備えているんでしょうか。いや、そのために三人もの用心棒は必要だろうか。つまり、確実に押込みがあると思っているからじゃないですかえ」

勝蔵はこっちを睨んだ。

「俺たちが押し入るのを待ち伏せているっていうのか」

仲間のひとりが昂奮してきく。

「そうだ」

さっと一味が殺気だって、吉次に向かった。

「待て」

藤太が制した。

「吉次はそんな男じゃねえ」

「ですが、吉次の素性は明らかじゃねえ。侍だということだが、火盗改めの同心か奉行所の隠密廻りってことも考えられる」

勝蔵はこっちに顔を向けた。

「吉次さんよ。どうなんだえ。俺たちに近付いて来たのは、俺たちを潰滅させるためじゃねえのか」

「勝蔵さんの言うとおりだ」

吉次はため息混じりに言った。

「なんだと」

藤太が顔色を変えた。

「藤太親分。早まらないでくれ。勝蔵さんがあっしを疑うのは無理もないってことだ」

吉次は静かに口を開いた。

「確かに、あっしが『山川屋』の押込みを唆《そそのか》したように見える。そして、『山川屋』には三人の浪人がいる。まるで、藤太親分たちを待ち構えているように思える。だが、勝蔵さん。よく考えてくれ」

「何を考えろというのだ？」

「あっしが密偵なら、どうして隠れ家を襲うように進言しねえんだ。たとえば、きょうなんて、格好の機会だ。あっしが、密偵だったら、今頃この家の周辺は火盗改めが取り囲んでいるはずだ」

ひとりがあわてて窓辺に飛んで行った。しばらくして、戻って来た。

「おかしな様子はありません」

「藤太親分たちを捕まえるために、『山川屋』を利用するなんて、いくら火盗改めでもしませんぜ。万が一、『山川屋』の誰かに怪我でもあったら責任問題にもなりかねねえ。そうは思いませんかえ、勝蔵さん」

「確かにもっともらしい言い訳だが、じゃあ、三人の浪人はなんのためにいるんだ？」

「わかりません。ただ、『山川屋』にいるってことは……」

吉次はあることを考えた。

「こいつはあくまで想像ですが、その三人こそ『飛驒屋』と宮大工の棟梁の家に押し入った連中かもしれない」

「さあ、問題はそこだ。『山川屋』を黒幕と言っているのは、おまえさんだけだ。おまえさんに別の目的があって、わざとそう言っているとも考えられる」

吉次はやはり身分を明かさねばならないかと思った。だが、これは極めて危険なことだ。この連中があとで、どんな厄介な存在になるかもしれない。

だが、もはや、身分を隠したまま、藤太一味の手を借りることは出来ない。吉次、いや東次郎はそう思った。

「わかった」

東次郎は居住まいを正し、

「じつは、私は作事奉行坂本東蔵の次男で、東次郎と申す」

と、口を開いた。

一同からざわめきが起こった。

「半年前に作事奉行に就任した直後、『山川屋』の主人文五郎が多額の金品を持参し、挨拶に来た。そこで、寛永寺の本堂の修復工事の材木調達を請け負わせてもらいたいと言った。だが、父は金品を返し、山川屋の申し出を断った。その後、父は材木調達を『飛騨屋』に決めたのだ」

東次郎は一同を見渡してから続けた。

「ところが『飛騨屋』に押込みが入り、主人夫婦と番頭が殺された。押し入ったのは、鹿島の藤太一味だとされた」

誰かが呻いた。

「その混乱で、飛騨の山元からの材木の発送依頼が出来なくなり、工事開始の日に間に合わなくなった。そのとき、またも山川屋が父のもとにやって来て、材木の調達をすると言って来たが、これも父が断った。山川屋はよその仕事も横取りしたりと汚い商売をやるということを、父は調べて知っていたのだ」

藤太も勝蔵も真剣な顔で聞いていた。

「父は『飛騨屋』と親しい材木商の力を借りて、なんとか材木を調達した。工事は遅れたが、遅れは取り戻せる範囲内だった。ところが、今度は修復工事を請け負っていた宮大工の棟梁の家に押込みが入り、棟梁が殺された。これも、鹿島の藤太一味だということになった」

「ちくしょう。俺たちを虚仮にしやがって」

誰かが怒りの声を上げた。

「宮大工の棟梁が殺され、工事は大幅に遅れることになった。何者かが、父の失脚を狙ってのことだと思った。山川屋もその仲間だ。ただわからないのは、寛永寺の本堂の修復はそれほど大きな工事にはならず、莫大な利益をもたらすものではない。それなのに、山川屋はどうしてこの仕事の請負《うけおい》にこだわったのか。おそらく、今後のことを考え、作事奉行と強い繋がりを持ちたかったのではないか。しかし、私の父はそういう不正には与《くみ》しないお方だ。そこで、山川屋は父の失脚を図ったのではないか。私はそう考えた」

東次郎は息継ぎをして、

「だが、山川屋が指示をしたという証拠はない。そこで、鹿島の藤太一味に近付き、山川屋と繋がっている証拠を見つけようとしたのだ。ところが、先日、藤太親分から山川屋とは繋がっていないと言われた。おそらく、山川屋は自分で集めた人間を使って『飛騨屋』と宮大工の棟梁の家に押し込ませた。その際、鹿島の藤太一味の仕業だと思わせる痕跡を残したのだ」

藤太は頷いて聞いていた。

「そこまでの話はわかった。だが、吉次、いや東次郎さんはどうしてあっしたちに接触する手づるを知ったんですね」

勝蔵はきいた。

「それは火盗改めの同心から聞いた。道場の同門だった男だ」

「なるほど」

勝蔵が答えると、すかさず藤太が口を開いた。

「どうだ、今の東次郎さんの話で合点《がてん》がいったか」

「へい。わかりやした」

勝蔵の声に、他の子分たちも頷いた。

「では、改めて『山川屋』に押し入る件を話そう」

藤太が言い出したのを、東次郎は遮った。

「その前に、いくつか確かめたい」

「なんだね」

「これまで深く考えなかったが、どうして山川屋は藤太親分の名を騙《かた》らせたのか」

「それは俺たちの荒っぽい仕事なら殺しがあってもおかしくないと考えたんだろうぜ」

勝蔵が答える。

そうだろうかと、東次郎は首を傾げた。

盗人は数ある中で、なぜ鹿島の藤太一味を選んだのか。

「それともうひとつ。なぜ、火盗改めはときたま密偵を繰り出してくるのに、藤太親分たちはこの地にいるのだ？」

「この界隈は木場を控え、川並や木挽き職人、鳶の者など気の荒い連中が多く、さらには盛り場もあり、博打打ちや遊び人も多い。俺たちが紛れ込むのにふさわしい」

「たとえ、この地に隠れ家があると疑られてもか」

「そうだ。ふつうの人間に紛れていれば安全だ」

「では、なぜ、賭場で、道案内のような真似をするのだ？　私も火盗改めからつなぎの取り方を聞いたのだ」

「それは、おまえさんもわかるはずだ。密偵をあぶり出して始末するためだ。密偵を殺すことで、火盗改めへの牽制になる。火盗改めの密偵の中に、こっちに通じている男がいる。そいつがいつも密偵が送り込まれたことを教えてくれる」

「危険だとは思わないのか。かえって、火盗改めに本腰の探索をさせる結果にならないのか」

「だいじょうぶだ。これが火盗改めの与力、同心がやられたら、奴らも必死になるだろう。だが、どうせ、密偵は盗人だった連中だ。殺されても、痛くもかゆくもないはずだ」

ふと、東次郎は冷たい風を受けたように身をすくめた。胸騒ぎのようなものを感じたのだ。

「ちょっと訊ねるが、いつも押込みをするときは、火盗改めの密偵の中で親分に通じている男に、その場所を告げるのか」

「そうしている。火盗改めの動きをみるためにな。もし、危険なときは当日でも知らせてくれることになっている」

「明日の『山川屋』に押し込むことも、その男には？」

「話してある」

「その男は信用出来る人間なんですかえ」

「なぜだ？」

藤太が不審そうにきいた。

「なんだか出来すぎているような気がするんです」

「どういうことだ？」

「これまで、何人かの密偵が送り込まれ、その都度始末してきた。藤太親分は密偵を殺すことで、火盗改めへの牽制になると話していました」

「そうだ」

「もし、そいつが裏切ったらどうなりますね」

「………」

藤太が眉根を寄せた。

「親分。念のために明日の押込みは中止したほうがいい」

「今さら、そんなことは出来ぬ」

藤太が吐き捨てた。

「どうしてだ？」

「かつて決行の日にやらなかったことはない」

「別に延ばすだけだ。明日の夜、『山川屋』の周辺をそれとなく見回ってみるのだ。私の勘だが、火盗改めが押し入って来るのを待ち伏せていると思う」

「ばかな」

藤太は男を信頼しているようだ。

「おかしら。東次郎さんの言うとおりだ」

勝蔵が口を入れた。

「用心に越したことはねえ。明日はやめにしませんかえ」

藤太は腕組みをし、目を閉じた。

「おかしらは喜作《きさく》を信頼しているが、所詮は密偵をやっている男だ。いざっていうときに裏切る可能性は十分にありますぜ」

勝蔵は決断を迫った。

喜作というのかと、東次郎は藤太がなぜそこまで信頼するのか気になった。

「親分と喜作という男はどういう関係なんだね」

東次郎は確かめた。

藤太が目を開け、腕組みを解いた。

「俺が鹿島にいた頃、賭場でよくいっしょになった。喜作は先に江戸に出てから盗賊の仲間に入っていた。俺も誘われ、一時はいっしょに働いたこともある。だが、火盗改めに隠れ家を襲われ、一味はみな捕まった。俺だけ、逃れた。その後、俺はこの勝蔵と出会い、だんだん仲間を集め、一端《いっぱし》の盗人になっていった。それが三年前に、喜作と偶然再会した。てっきり捕まったと思っていた喜作が堂々とお天道様の下を歩いているのを不思議に思った。そしたら、火盗改めの密偵をしていると打ち明けたんだ。

俺も今の境遇を教えた。それから、俺にだけ、火盗改めの動きを知らせてくれるようになった。もちろん、それだけの報いをしてやっているがな」

一呼吸おき、藤太が続けた。

「だから、裏切るなんて考えられねえ」

「親分との関係が火盗改めにばれてしまったとしたら？」

「………」

「親分。用心のためだ。ともかく、明日はやめてくれ。何ごともなかったら、改めて押し込めばいい」

「わかった。そうしよう。みな、聞いたとおりだ。明日は中止する。その代わり、『山川屋』周辺を調べるんだ」

「へい」

と、一味の者は口々に応じた。

東次郎はなぜ、『山川屋』は鹿島の藤太一味を利用しようとしたのかと思った。その答は明日の結果を見てからだ。

ふと、藤太の表情が深刻そうなことに気づいた。何か、思い当たることでもあるのか。すべては明日だ。深呼吸をして、東次郎は心を落ち着かせた。

三

翌日の夕方、鹿島の藤太一味はそれぞれ手分けをして木場周辺の掘にかかる橋の袂近くに身を潜めた。船で来ても陸を歩いて来ても、必ず橋を通るからだ。

東次郎が大島川にかかる蓬莱橋《ほうらいばし》の袂に行くと、物貰いの格好をした勝蔵がいた。いかにも哀れそうな年寄りにしか見えない。

東次郎は近付いて声をかけた。

「勝蔵さん。どうだね」

「今のところ怪しい船も通らねえ。もう少し暗くなってからかもしれねえな」

「きのう、藤太親分は厳しい顔をしていた。何か、心配でもあるんじゃないのか」

「東次郎さんも気づきなすったか。じつは俺も気になった。何か思いついたのかもしれねえ」

「それがなんなのか、思いつかないか」

「わからねえが、おそらく、喜作のことだろう。喜作とのやりとりの中で、何か思い出したことがあったのかもしれない」

「おや、船が来る」

船が近付いて来た。猪牙舟にふたりの武士が乗っていた。ふたりとも深編笠をかぶっている。橋に近付いたとき、東次郎はあっと思った。

根津鯉太郎だった。船は橋をくぐり、木場のほうに向かった。

「火盗改めか」

勝蔵がきいた。

「そうだ。火盗改めだ」

「見届ける」

勝蔵が川沿いに船を追った。

東次郎は橋を渡り、永代寺門前町を抜けて入船町に向かって走った。

『山川屋』の前に辿り着いた。やがて、川のほうからさっきの深編笠のふたりの武士がやって来た。『山川屋』の裏にまわった。

東次郎は辺りを注意しながら裏道に入った。『山川屋』の板塀伝いに奥に向かうと、深編笠の武士が裏口から『山川屋』に入って行くところだった。

勝蔵も追いついて見ていた。

ふたりは通りに出た。

「間違いない。『山川屋』では火盗改めが待ち伏せている」

夜になって、『山川屋』の周辺を探ると、火盗改めらしい武士が何カ所かに潜んでいるのがわかった。

東次郎と勝蔵はおつたの家に戻った。

「おかしら。やはり、火盗改めが待ち構えている」

勝蔵が言った。

「そうか」

藤太は口許を歪めた。

その後、手下たちが続々と戻って来て、同じことを藤太に告げた。

「危ないところだった」

藤太が声を震わせた。

「おかしら」

勝蔵が東次郎をちらっと見てから切り出した。

「おかしらは何か思い悩んでいることでもあるんですかえ。なんだか、憂いがちだ」

「そうか。顔に出ていたか」

藤太は苦笑してから、すぐ真顔になって続けた。

「三カ月ほど前、俺たちが京橋の糸物問屋に押し入ったときのことだ。例によって、押込みの場所と日にちを喜作に知らせた。ところが、当日になって喜作がやって来て、こんなことを言ったんだ。俺は見破られたかもしれないと。しかし、その晩の押込みはうまくいった。あとで、見破られたのは気のせいだったということで落ち着いた」

藤太は一同を見回し、

「その後も、喜作からの密偵の報告も正確だった。だから、あの時点までは喜作は裏切ってはいねえ。だが、喜作も踊らされていたんだ」

「どういうことなんで、おかしら」

勝蔵がみなを代弁してきいた。

「俺たちの動きはとうに火盗改めに悟られていたってことだ」

「なんですって」

「きのう東次郎さんの話を聞いてすべてわかった」

藤太はいたたまれないように続けた。

「京橋の糸物問屋の押込みを、火盗改めはわかっていやがったんだ。それなのに、わざと見逃した」

「なぜ、ですかえ」

「俺たちに味方したわけじゃねえ。捕まえる時期を延ばしたかったからだ」

「どういうことですかえ」

勝蔵が強張った顔できいた。

「東次郎さんが言った話と繋がる。『飛驒屋』と宮大工の家の押込みを俺たちのせいにするためだ。だが、俺たちが町方に捕まって、『飛驒屋』の押込みを否定したら、敵にとっては拙いことになる。だから、次の押込みのときに我らを一網打尽にしようと考えていたのだ。そのために、喜作を泳がせておいたのだ。そして、いよいよ我らを潰滅するときが来た。そこで、火盗改めは喜作を締め上げた。火盗改めに睨まれたら逃げる術《すべ》はない。喜作は火盗改めに寝返らざるを得なかったのだ」

「やはり、喜作は俺たちを裏切っていたのか」

勝蔵が目を剝いて言った。

「そうだ。俺たちは作事奉行の失脚を謀る何者かに利用されていたのだ。もちろん、押込み先で、我ら全員を斬り殺すつもりだったに違いない」

一同に動揺が走った。

「どうだえ、東次郎さん。俺の見立てに間違いはあるまい？」

藤太は鋭い顔を向けた。

「そのとおりだ。親分の今の話で、なぜ陰謀に鹿島の藤太一味を利用したかの説明がつく。あとで、皆殺しにするためだ」

東次郎は答えた。

「ちくしょう。汚ねえ」

怒りの声が充満した。

「もし、東次郎さんがいなかったら、俺たちはむざむざと死ぬために押込みをするところだった。なにしろ、押込み先は喜作から火盗改めに伝わるのだからな」

藤太は深いため息をもらした。

「火盗改めを動かしているとなると、『山川屋』には相当な後ろ盾がいると見なければならない」

東次郎は最初、次の作事奉行の座を狙って、父に敗《やぶ》れた篠田道之進が『山川屋』とつるんでいるとみていたが、はたして篠田道之進に火盗改めを動かす力があるだろうか。

もしかしたら、もっと上に……。

「藤太親分」

東次郎は呼びかけた。

「火盗改めは喜作から隠れ家まできき出しているに違いない。このままでは危ない。今夜か明日にも、深川を離れたほうがいい」

「うむ。常磐町の隠れ家は引き払ったほうがいいだろうな」

「いや。深川を離れるべきだ。場合によっては、しばらく江戸を離れたほうがいい」

「そいつは出来ねえ。このままじゃ、腹の虫が治まらねえ」

藤太は眦をつり上げた。

「そのとおりだ。このまま、おめおめと引き下がれねえ。こうなったら、『山川屋』の背後にいる奴もやっつけなきゃ気がすまねえ。東次郎さんと手を組んでやってやろうじゃねえですか」

勝蔵が言うと、他の者も口々に仕返しを叫んだ。

「ありがたいが、とりあえず、今は火盗改めの追跡を逃れるために安全な場所に身を隠したほうがいい。火盗改めの目が『山川屋』に向いている今夜中に」

東次郎は忠告した。

「よし。みな、押上村《おしあげむら》の百姓家に必要な荷物だけを持って移るんだ。さあ、行け」

藤太の声に手下は立ち上がった。

「柳島の妙見堂の近くの百姓家を借りている。とりあえず、そこに移る」

藤太は東次郎に説明したあとで、

「おった」

と、声をかけた。

「はい」

おったの声も緊張していた。

「おまえはここにいろ。ここは喜作も知らない。火盗改めに知られていない」

「『ひさ屋』の女将は？」

「あの女は我らの仲間ではない。ただ協力してもらっているだけだ。あの女将ならなんとでも言い訳をするだろう」

「どれ、あっしも荷物を片づけてこよう」

勝蔵が立ち上がった。

「勝蔵。おめえはここで過ごせ。下働きに雇ったってことにすればいい」

「いいのかえ」

勝蔵は窺うようにきいた。

「勝蔵さんがいてくれたら心強いじゃないか。何も遠慮することないよ」

おったが答えた。

「すまねえ。じゃあ、そうさせてもらう。俺は、おかしらのそばにいたいんだ」

「勝蔵さんと親分はどういう間柄なんで？」

東次郎はふたりの顔を交互に見ながらきいた。

「俺はひとり働きの盗人だったが、歳をとって自由に動き回れなくなった。途方にくれているとき、おかしらに拾ってもらったんだ」

勝蔵が言うのを、藤太が苦笑しながら、

「なあに、そうじゃねえ。まだまだ、勝蔵はひとりでやれた。たぶん、俺のことが心細く思えただけだ。正直、勝蔵に加わってもらって、助かった」

「おかしらにそう言っていただけるのはありがたいことで」

「そうか。なかなか、いい関係だ」

東次郎は素直に感想を口にした。

八幡鐘が鳴りだした。

「五つ（午後八時）か」

藤太が呟く。『山川屋』のことに思いを向けたのか、ふと眉根を寄せた。

「じゃあ、俺はこれで」

東次郎は立ち上がってから、

「俺が深川に来た目的は鹿島の藤太親分に会うことだった。そのためにこんな格好をしたが。もう侍姿に戻る。明日の夜、侍姿だから、見間違えないでくれ」

と、三人に言った。

「俺たちといっしょにいる間は、その姿のほうがよくないのか。あとで、困ったことにならないのか」

「なるようになるさ」

東次郎は笑って答えた。

念のために、外に出てからおつたの家のまわりを歩いた。怪しいひと影はなかった。

そのまままっすぐ大島川沿いを入船町に向かった。ずっと先の明かりは船宿だろう。川向こうの料理屋から三味線の音とともに賑やかな声が聞こえた。通りに酔客も目立ち、娼家に遊びに行くらしい職人の姿もある。

門前町を過ぎると、急に暗くなった。かなたにぽつんと提灯の明かりが見えるのは一膳飯屋か。

入船町にやって来た。東次郎は『山川屋』の前を通った。どこからか、射るような視線を感じた。斜め向かいにあるしもた屋の二階だ。

戸が微かに開いている。そこから見ているのだ。さらに、路地の角の暗がりにもひとの気配があった。

火盗改めは今から待機しているのだ。

東次郎は洲崎のほうをまわって帰途についた。冬木町の長屋の手前で、背後を窺う。つけられている気配はなかった。

翌朝、木戸が開くと同時に長屋を出た。仙台堀沿いを大川のほうに向かい、海辺橋を渡り、小名木川にかかる高橋を渡って新大橋を目指した。

『山川屋』の背後に誰がいるのか。篠田道之進より大物が控えているに違いない。しかし、父が失脚すれば、後任に篠田道之進が就くのではないか。

だと、すれば山川屋と篠田道之進がつるんでいる可能性は高い。しかし、最初、山川屋は父に賄賂を送りつけ接触を図って来た。篠田道之進とつるんでいたら、そのような真似はするまい。もし、父が賄賂を受け取ったら、山川屋は父と手を組んだのではないか。

山川屋がこの数年で急速に伸《の》してきたのは、前任の作事奉行と繋がっていたからであろう。だが、作事奉行が父に代わり、新たに繋がりを求めなくてはならなくなった。

だが、父は断った。だから、父を失脚させ、新しい作事奉行との繋がりを求めよう

とした と考えられる。

前任の作事奉行が誰だったのか、東次郎は知らない。おそらく、前任者は山川屋と組んで利益を得たのに違いない。

そんなことを考えながら、新大橋を渡り、浜町堀を越えた。本町通りを横切った頃には太陽がだいぶ高く上っていた。

道具箱を肩に乗せた大工とすれ違い、棒手振りが路地に入って行く。

三河町を抜け、お濠伝いに一橋御門まで来て、右に曲がる。やがて、小川町の屋敷に辿り着いた。

門番のところに行くと、いきなり棒を突き出された。

「とまれ」

「私だ」

東次郎は苦笑して言う。

「あっ、東次郎さま。失礼いたしました」

門番は恐縮した。

「いい。この姿ではわからぬのは無理もない」

「恐れ入ります」

東次郎は脇門をくぐった。

すでに他の家来が告げに行ったので、玄関に兄が出て来た。

「東次郎か」

「はっ。ただいま帰りました」

「うむ。無事でよかった」

「父上は？」

「おられる。だが、その前に風呂に入り、衣服を改めよ」

「はっ」

東次郎は台所のほうにまわり、そこから風呂場に行った。父が毎朝入るので、風呂は沸いている。

湯船に浸かり、髭を剃って、東次郎が居間に行ったのは、四半刻（三十分）後だった。

「父上、ただいま帰りました」

「ご苦労であった。で、何かわかったか」

「はい。鹿島の藤太と親しくなり、いくつかわかったことがございます」

「うむ」

「まず、『飛驒屋』と宮大工の家に押し入ったのは鹿島の藤太一味ではありません」

「まことか」

父が息を呑んだようにきいた。

「はっ。敵の狙いは、『飛驒屋』と宮大工の家の押込みは鹿島の藤太一味の仕業に見せかけ、ほんとうの狙いを隠すことにあったのです。父上の失脚が狙いだったことは間違いありません。ただ」

東次郎は息継ぎをして続けた。

「万が一、鹿島の藤太一味が捕まった場合、真相がばれてしまいます。そこで、火盗改めを使って、鹿島の藤太一味を皆殺しにする企みが練られていたのです」

東次郎は『山川屋』に押し込むつもりだったことから、火盗改めが待ち伏せていたことまでをつぶさに話した。

「火盗改めと親しく、さらに『山川屋』とも繫がっている黒幕が存在するはずです。もっとも疑わしいのは篠田どのですが」

「いや。篠田どのはそれほどの野心家ではないという評判だ。相手を蹴落としてまで作事奉行の座を狙っているとは思えない」

「はい。私もそう思います。『山川屋』は最初は父上に賄賂を送りつけてきました。

篠田どのとつるんでいたなら、そんなことはしません」

「そうだ」

父が頷いた。

「父上、前任の作事奉行はどなたでしょうか。当然、前任者と山川屋は深く繋がっていたと推察されます」

「前任者は財部勘太夫《たからべかんだゆう》どのだ。今の勘定奉行だ」

「そうですか。勘定奉行ですか」

今でも財部勘太夫と山川屋は繋がっているのに違いないと東次郎は思った。黒幕は財部勘太夫か。しかし、財部にとってどんな得があるというのか。

「その後、寛永寺の本堂の修復工事はいかがですか」

東次郎はきいた。

「ようやく、後任の宮大工が決まったと大工頭から報告を受けた」

大工頭は作事奉行の配下である。

「ずいぶん時間がかかりましたね」

「後任に決めた棟梁が寸前になって断って来た。急病という理由でだ」

「急病?」

「どうも怪しい。だが、三人目でようやく着手出来そうだ。だが、大幅な遅れは避けられない。工事が終わったあとに、責任問題になるやもしれぬ」

「そんな」

東次郎は憤然とした。

「それでは敵の思う壺」

「東次郎。敵の正体を探り出さない限り、父上が助かる道はない」

兄が口を入れた。

「わかっております。必ず、敵を暴き出してみせます」

東次郎は力《りき》んで言った。

「それから、念のために私を勘当しておいてください」

「わかった」

父は苦渋に満ちた顔で頷いた。

月代を剃り、結髪をしてから、東次郎は両刀を差して、屋敷を出た。

今の火盗改めの頭は御先手頭《おさきてがしら》の板倉三蔵《いたくらさんぞう》が兼任している。といっても、御先手頭の仕事は行わず、火盗改め役に専心する。

奉行所のように番所があるわけではなく、自分の役宅を火盗改めの役所としている。板倉三蔵の役宅は駿河台《するがだい》にある。

小川町から駿河台まで僅かな距離だった。

役宅の表門についた。板倉三蔵は三千石の旗本である。東次郎は自分の屋敷より立派な門に近付いた。

「私は坂本東次郎と申します。同心の根津鯉太郎どのにお会いしたのです。どうぞ、お取り次ぎを」

「根津さんの知り合いか」

「剣術道場の同門です」

「少々お待ちを」

東次郎が門から少し離れて待っていると、ようやく根津鯉太郎がやって来た。

東次郎を見ると、あわてて駆け寄って来た。

「今、時間がないんです。おかしらから招集がかかり、集まらなければならないんです。夕方の七つ（午後四時）頃なら時間がとれます」

根津は早口で言った。

『山川屋』の件でなんらかの話があるのではないかと、東次郎は勝手に思った。

「わかった。では、七つに神田明神境内の『明神屋』でどうだ？」

「結構です。では」

根津は急いで引き返して行った。

東次郎はまっすぐ坂を下った。

それから四半刻（三十分）を少しまわった頃、東次郎は小舟町のおみよの家の前に立った。女筆指南の看板が懐かしい。

東次郎は格子戸の前に立った。ひと月ぶりだ。感慨深い思いで、戸を開いた。土間に、弟子の履物はない。きょうは稽古日ではないようだった。

「どなたですか」

戸の開く音に気づいて、おみよが出た来た。

途中で足を止め、おみよは茫然としている。

「おみよ。久し振りだ」

東次郎が声をかけると、はっとしたように表情を輝かせた。

「東次郎さま」

おみよは土間に下り、東次郎にしがみついた。

「どこに行ってらしたんですか。こんなに長くほっぽって」

おみよはしゃくりあげて言う。

「どんなに心細かったか」

「すまなかった」

東次郎はおみよの体を抱きしめながら、

「部屋に上げてもらえないか」

と、言った。

「あっ、ごめんなさい」

おみよはあわてて体を離した。

居間に行くと、ふたたびおみよがしがみついてきた。

「もう御用はお済みになったんでしょう?」

「いや、もう少しかかるんだ」

「えっ、また、行ってしまうんですか」

「いや。今度はそんな遠くではない。顔を出す」

「ほんとうですね」

おみよは東次郎の体をなかなか離そうとしなかった。

そのとき、格子戸が開く音がした。あわてて、おみよは離れた。

住み込みの女中が帰って来たのだ。

「まあ、東次郎さま」

女中は目を丸くしていた。

「しばらく見ぬ間に、ずいぶんいい女になったではないか」

「いやだ」

若い女中は恥じらって台所に逃げた。

「留守中、変わったことはなかったか」

東次郎はきいた。

「はい。ただ、何度か、矢内さまと仰るお侍さまがお見えになりました」

「矢内栄次郎か」

やはり、栄次郎は俺を探しまわっているのかと、東次郎は苦笑した。栄次郎はお節介病といわれるほど、ひとの難儀を見捨てておけない性分らしいが、この件に関わらせることは出来ない。

場合によっては、栄次郎まで傷がつく。なにしろ、勘定奉行も敵の可能性があるのだ。

「矢内さまは、私のことを心配して、東次郎さまのことをいろいろ調べてくれたんです」

「俺のことを心配？」

「だって、養子に行ったんじゃないか、病気になったんじゃないかって、あれこれ考えて眠れなくて」

「そうか。心配かけたな」

東次郎はしんみり言い、

「だが、心配するな。俺はおまえを離しはしない」

「うれしい」

またも、おみよはしがみついてきた。

「もうしばらく待ってくれ。あと少しだ」

東次郎はおみよの背中にまわした手に力を込めた。

おみよの家に一刻（二時間）ほどいて、東次郎は神田明神に向かった。

『明神屋』に入り、根津鯉太郎の名を告げると、すでに来ているという。女中に案内されて、奥の部屋に向かった。

根津は難しい顔で座っていた。

「早かったな」

東次郎は言った。

「いえ。ちょっと前に来ました」

相弟子だが、東次郎のほうがひとつ年上であり、さらに旗本の次男坊である。御家人の根津鯉太郎は東次郎には畏まって接している。

女中に酒を頼んだ。

「今朝はあわただしかったが、おかしらに用事とはなんだったのだ？」

東次郎はきいた。

「それが、私だけ、使いに行かされて、おかしらの話を聞いていないのです」

「ほう、使いか」

まさか、俺との関わりがわかって、鯉太郎は外されたのか。

「そうか。そういえば、きのうの夕方、おまえが大島川を船で行くのを見た」

「えっ？」

鯉太郎は口を半開きにした。

「どこへ行ったんだ？」

「上役に誘われて、洲崎の料理屋に」

「そうか。俺はてっきり『山川屋』に行ったものとばかり思っていたが」

鯉太郎の表情が強張った。

「どうした？　そんな怖い顔をして」

「いえ、別に」

鯉太郎はあわてた。

廊下の足音が部屋の前で止まった。

「失礼します」

障子が開き、女中が酒を運んで来た。

「置いといてくれ。あとはこっちでやるから」

東次郎は早々と女中を追い払うように帰した。

「では、お願いいたします」

女中が去ってから、

「手酌でやろう」

と言い、東次郎は自分の盃に酒を注いだ。

「鯉太郎。ほんとうのことを話してくれ。昨夜はどうだったのだ？」

「何がでしょうか？」

鯉太郎は用心深くきき返した。

「『山川屋』のことだ。火盗改めが張り込んでいたではないか」

「………」

「鹿島の藤太一味を皆殺しにするために待ち構えていたんだろう」

「………」

返事がない。

「どうした？」

「いえ」

鯉太郎は俯いていたが、やおら顔を上げた。

「東次郎さん。やはり、あなたは鹿島の藤太の仲間に加わっていたんですね」

「喜作の訴えだな」

「鹿島の藤太に近付こうとしている男がいると、喜作が教えてくれた。すぐ、東次郎さんだとわかりました。でも、誰にもそのことは言っていません」

「なぜだ？」

「私が近付く方法を教えたんです。よけいなことは言えません」

「きのうは『山川屋』で、鹿島の藤太一味を待ち構えていたんだな」

「そうです」

「捕まえるためではない。斬り捨てろという命令が出ていたな」

「はい」

「なぜ、殺さねばならなかったのだ?」

「凶悪な一味です。捕らえることは難しい」

「別に理由があったはずだ?」

「…………」

「また、だんまりか」

「昨夜、鹿島の藤太は現れませんでした。東次郎さんが押込みをやめさせたのですね」

「そうだ」

「なぜ、押込みの味方をするのですか」

「『飛驒屋』と宮大工の棟梁の家に押し入った賊を探している。そして、誰が命じたのか、それを探るために俺は鹿島の藤太に近付いたのだ」

「『飛驒屋』と宮大工の棟梁の家に押し入ったのは鹿島の藤太です」

「違う。藤太の名を騙った者がいるのだ。おぬしこそ、藤太を上回る悪人の片棒を担いでいるではないか」

「何を仰っているんですか。鹿島の藤太一味は京橋の糸物問屋に押し入ったあと、続けざまに『飛騨屋』と宮大工の棟梁の家に押し入り、今度は『山川屋』に押し入ろうとしたのです」

鯉太郎はむきになって言う。

東次郎はおやっと思った。

「そなた、ほんきでそんなことを言っているのか」

「冗談でこんなことを言えますか」

「では、きく。喜作を密偵として使っていたのは誰だ？」

「筆頭与力の工藤源内《くどうげんない》さまです」

「工藤源内だな。もうひとつ、鹿島の藤太一味を斬り捨てろと命じたのは誰だ？」

「工藤さまです」

「そうか」

東次郎は何かがぼんやり見えて来たような気がした。

「工藤源内とはどんな男だ？」

「東次郎さん、あなたは何をお考えですか」

「鯉太郎。そなたはほんとうに何も知らないようだな」

東次郎は鋭い声できいた。

「何をですか」

「まだ、一滴も呑んでおらぬではないか。酒を呑んで気を落ち着かせろ」

東次郎はそう言い、自分も手酌で酒を呑んだ。

鯉太郎は続けざまに何杯か酒を一気に呑んでから、

「東次郎さん。教えてください。東次郎さんの言っていることが理解出来ません」

と、居直ったように迫った。

「よし。よく、聞くんだ」

「はい」

鯉太郎は居住まいを正した。

「まず、俺がなぜ、そなたに鹿島の藤太一味に接触する方法をきいたか。そのことから話す」

東次郎は酒を呷《あお》ってから話しはじめた。

「俺の父は半年前に作事奉行になった。それから、しばらくして材木問屋『山川屋』の主人文五郎が金品を送り届けて挨拶に来た。父は金品を突き返した。その後、上野寛永寺の本堂の修復工事の材木の調達先を選ぶ際にも、山川屋が金品を持ってやって来た。調達先に指名してくれと言う。もちろん、父は断った」

鯉太郎は真剣な眼差しで聞いている。東次郎は続けた。

「材木の調達先に決まったのは『飛驒屋』だ。いよいよ着工が間近になったとき、『飛驒屋』に押込みが入り、主人夫婦と番頭が殺された。これにより、山元からの材木の発送手続きが遅れた。どうにか、『飛驒屋』の知り合いの材木問屋の助力で材木が届いたが、今度は修復作業をする宮大工の棟梁の家に押込みが入り、棟梁が殺された。いずれも鹿島の藤太一味の仕業ということだった」

この押込みの裏に山川屋の意志が働いているのではないかと疑い、鹿島の藤太一味に接触したのだと話し、いよいよ、東次郎は核心に触れた。

「鹿島の藤太は『飛驒屋』と棟梁の家の押込みを否定した。その上で、こう言った。京橋の糸物問屋に押し入るとき、火盗改めに察知されていた可能性がある。だが、仕事はすんなり行ったと。つまり、鹿島の藤太一味は泳がせられていたのだ。そのわけはわかるな。

『飛驒屋』と宮大工の棟梁の家に押し入った罪をかぶせた上に一味の口封じを図るためだ。それに一役買っていたのが密偵の喜作だ。おそらく、工藤源内は喜作が鹿島の藤太と繋がっていることに気づいたが、今回の陰謀のために泳がせておき、最後に威して、押込み先を聞き出した。だから、そなたたちは、『山川屋』に先回りすることが出来たのだ」

「まさか、そんなことが……」

鯉太郎が言った。

「何か思い当たることがあるのではないか。鯉太郎、話せ」

東次郎は迫った。

鯉太郎は苦しげな顔を上げて、

「京橋の糸物問屋の押込みの前、喜作の動きがおかしいという別の密偵からの訴えがあったんです。その密偵は偶然、町中で喜作を見つけた。日頃から、喜作とは仲が悪かったその密偵はこっそりあとをつけた。そしたら、神社の社殿の裏で喜作が物貰いの年寄りと会っていた。京橋の糸物問屋という言葉が聞こえたということで別の与力に訴えたそうです。ですが、工藤さまが聞き入れなかったんです。その後、実際に糸物問屋が襲われたのですが、その密偵は不満を持っていました」

「その密偵は？」

「鹿島の藤太一味の手掛かりを摑むために、深川にもぐり込み、数日後に仙台堀で死体となって浮かんでおりました」

「工藤源内が鹿島の藤太一味に殺させたのだ。探索に行かせたあと、鹿島の藤太に伝わるように喜作にそのことをもらしたのだろう」

「信じられない。工藤さまが」

鯉太郎が茫然とした。

「工藤源内とはどんな男だ？」

改めて、東次郎はきき直した。

「歳は三十五歳。ご妻女とご妻女の母親と三人暮しです。お子さまはおりません。生真面目なお方です。どちらかというと、堅物でしょうか。馬面で、女には興味がないようで、岡場所には足を向けません」

妻女の母親ともいっしょに暮らしているのは養子だからだろう。なんとなく、今の説明の工藤の姿は仮面をかぶっているように思えた。

「山川屋とのつながりはないか」

「ないと思いますが」

「離れに浪人がいた。何者だ？」

「山川屋が雇った用心棒です」

「俺は、その者たちが『飛騨屋』に押し入った賊だと見当をつけている」

「まさか。証拠はあるんですか」

「ない」

「それでは、勝手な妄想かもしれませんね」

「そうだ。だから、証拠を摑もうと躍起になっているのだ」

東次郎は吐き捨ててから、

「鯉太郎」

と、呼びかけた。

「はい」

「上役を疑うのはつらかろう。俺は工藤源内のあとをつけてみる。工藤の顔を教えてもらいたい」

「…………」

「鯉太郎」

東次郎は語気を荒らげた。

はっとしたように顔を向けたが、

「お許しください。工藤さまを裏切るような真似は出来ませせぬ」

と、鯉太郎はきっぱりと答えた。

「ばかな」

東次郎はやりきれないように呟いた。

四

その夜、東次郎は武士の姿で深川蛤町のおつたの家に行った。

「まあ、ほんとうに吉次さんなの？」

おつたは目を丸くした。

「そうです。藤太親分はおいでか」

「はい。どうぞ、お上がりください」

「では」

大刀を腰から外し、東次郎は部屋に上がった。

居間に行くと、長火鉢の前に藤太がいて、向かい合うようにして勝蔵が座っていた。

ふたりとも、目を瞠《みは》って東次郎を見た。

「見違えたぜ、東次郎さん」

藤太が感嘆の声を上げた。

「吉次のときの格好が汚らしかったからな」

自嘲ぎみに言い、東次郎は腰を下ろした。

「今朝、『山川屋』に様子を見に行ったら、火盗改めの連中が引き上げて行くところでした。今夜、押し込んでも面白いかもしれねえと話していた」

勝蔵が含み笑いをした。

「油断してはだめだ。おそらく、今夜も警戒を怠らないはずだ。それから、火盗改めのことで少しわかったことがある」

東次郎は口にした。

「なんですね」

「喜作を密偵として使っていたのは筆頭与力の工藤源内という男だ。ところが、喜作と仲の悪かった密偵が喜作に疑いを持って尾行した。そこで、喜作が勝蔵さんと会っているのを見、そして、京橋の糸物問屋に押し込むことを察知した。だが、その知らせを、工藤源内は無視した」

「ばれていたって言うんですかえ」

勝蔵があわててきき返す。藤太も眉根を寄せた。

「そうだ。工藤源内はそのときから藤太親分を利用することを考えていたのだ。喜作を疑った密偵は深川に送られて、そなたたちに殺された。つまり、藤太親分の探索のために送り込まれた密偵は工藤源内にとって邪魔な人間たちだったのだ」

「俺たちの手で、不要になった密偵を殺させたというわけか」

藤太が歯嚙みをするように言った。

「そういうことだ」

「ちくしょう」

「おそらく、工藤源内は山川屋とつながっているはずだ。俺は工藤源内を調べてみる。親分のほうは山川屋を見張ってもらいたい」

「よし。あっしがやりますぜ」

勝蔵が不敵な笑みを浮かべた。

「『山川屋』での待ち伏せに失敗した工藤源内がこれからどう出るか。喜作を使って何か仕掛けて来るかもしれねえ。喜作はすでに工藤源内についていると見たほうがいい」

藤太が腕組みして言う。

「どうかな」

東次郎は疑問を挟んだ。

「どういうことだ？」

「喜作の裏切りが藤太親分にばれていると、工藤源内も気づいているだろう。だから、喜作はもう使えないと思っているのではないか」

「うむ」

藤太は顔をしかめた。

「ところで、引っ越しは無事に済んだのか」

東次郎はきいた。

「すみましたぜ。押上村の隠れ家にみな移りました」

勝蔵が答えた。

「その場所は、ほんとうにだいじょうぶなんだな」

「ええ、誰にも知られてはおりませんぜ」

藤太は自信たっぷりに答えた。

「それならいいが」

「何か心配ごとでもあるんですかえ」

勝蔵が不安そうにきいた。

「源内は、万が一のことを考えていなかったのかと思ってな」

東次郎は首を傾げて言う。

「どういうことですね」

「ゆうべ、『山川屋』に全勢力を集結させただけならいいのだが……。もし、常磐町の隠れ家から一味の者が『山川屋』に向けて出発するのを見届けさせようとしていたら、引っ越しもあとをつけられた可能性もある」

「そんなばかな」

勝蔵が唖然とした。

「工藤源内という男を知らないが、これだけのことを企む人間だ。油断は出来ない」

いきなり、勝蔵が立ち上がった。

「どうするんだ?」

藤太がきいた。

「押上村に行ってみる」

「よせ」

藤太が引き止めた。

「東次郎さんの考えが正しいとすると、隠れ家の周囲を火盗改めが見張っているはずだ。俺たちがやって来るのを待って襲いかかるつもりだ」

「しかし、このままでは……」

「とにかく夜では、潜んでいるかどうかもわからない。明日だ。明るければ、潜んでいても気づくだろう」

ふたりのやりとりを聞いて、東次郎は口をはさんだ。

「ひょっとすると」

今朝の鯉太郎の話を思い出したのだ。おかしらから招集がかかったが、結局、鯉太郎だけが外されたということだ。

「なにか」

「今夜にも、踏み込まれる可能性がある」

「まさか」

藤太が目を剝いた。

「よし。行ってみよう」

「藤太親分はよせ。俺が勝蔵さんと行って来る」

「東次郎さんが……。でも、火盗改めに逆らって、あとで東次郎さんの立場が悪くなりませんかえ」

「いや。俺の敵は工藤源内だ」

東次郎は刀を持って立ち上がった。

真っ暗な道を星明りを頼りに本所に向かった。小名木川に出ると、川沿いを東に向かった。

寒風が吹きすさぶ。全身を包んでいた冷気も、竪川《たてかわ》にかかる四ノ橋を渡った頃には心地好いものに変わっていた。歩き通しで、汗ばんでいた。

本所の四つ目通りをまっしぐらに押上村に向かった。

一段と冷気が増して来た。田畑の広がり、凍てついた風がまともに全身に当たる。それまでの早足をやめ、ふたりは用心深く、辺りに目を配りながら先に進んだ。ところどころに百姓家から漏れてくる灯が輝いている。

「あれです」

勝蔵が前方を指さして囁いた。薄闇の中に、隠れ家がその輪郭を見せていた。北十間川《けんがわ》の近くだ。今は使われていない百姓家を借り受けたのだという。

辺りに注意を払いながら、ふたりは隠れ家に近付いた。ここまでの間、怪しいひと影はなく、またその気配もなかった。

隠れ家は真っ暗だった。そろそろ五つ半（午後九時）になる頃だ。寝てしまったとも思えない。

隠れ家の周辺にひとの気配はない。東次郎は思い切って戸口に向かった。勝蔵もついて来る。

戸が開いたままだ。中は漆黒の闇だ。ふたりは土間に足を踏み入れた。冷え冷えとした空気がよどんでいる。

勝蔵が持っていた火縄に灯をつけた。その僅かな灯を頼りに、板敷きの間にあった行灯を灯した。

仄かな明かりが辺りを照らした。

「こいつは……」

勝蔵が引きつったような声を出した。

物が散乱していた。争ったようなあとがある。障子は倒れ、襖は破れ、奥の部屋にも誰もいなかった。

板敷きの間や奥の部屋の畳、そして壁に血がついていた。

「火盗改めが襲ったのだ」

東次郎も憤然と吐き捨てた。

「みな殺されたのか」

勝蔵の声が震えた。

「いや。ひとりだけは捕まえ、拷問にかけて藤太親分の居場所を白状させるはずだ」

「火盗改めの拷問は凄まじいと聞いているが、まさか」

勝蔵は悲鳴のような声を上げた。

「藤太親分が危ない。勝蔵さん。戻ろう」

東次郎は隠れ家を飛び出した。誰かが拷問に負けて蛤町のおつたの家を口にしたかもしれない。

外に出ると、勝蔵が叫んだ。

「東次郎さん。船がある」

勝蔵は妙見堂の脇から天神川に出た。打ち捨てられたように、古い船がもやってあった。勝蔵はそれに乗り込んだ。

「あっしは銚子の猟師の伜でしたからね。歳はとっても、櫓の扱いは馴れています」

勝蔵は滑らかに船を動かした。

左手に津軽越中守の下屋敷の塀が続き、やがて、亀戸《かめいど》天満宮の大屋根が闇の中にぼんやりと見えた。

「ちくしょう。こんなことになりやがって」

勝蔵が悔しがった。

工藤源内はやはり恐ろしい男だと、東次郎は思った。

船は速度を上げて、竪川から大横川に入り、やがて木場に向かい、大島川に入った。

「おかしら。もうすぐですぜ」

勝蔵は泣きそうな声で言う。

「藤太親分なら、きっとだいじょうぶだ」

東次郎は自分自身に言い聞かせるように言った。それだけ、東次郎も焦っていたのだ。

生け捕りにされた一味の者は石抱き、海老責め、吊り責めなどの拷問にかけられているに違いない。どんな強情な者でも、火盗改めの拷問の前に屈してしまう。

船はようやく木場から永代寺門前町にやって来た。蛤町の船着場に着くと、すぐに陸に上がり、東次郎は先におつたの家に急いだ。

格子戸は閉まっていた。

東次郎は戸を叩き、

「東次郎だ。開けてくれ」

と、叫んだ。

ようやく、内側に物音がして、戸が開いた。

おつたが羽織を引っかけて立っていた。

「藤太親分は？」

「どうかしたのか」

藤太が出て来た。

そこに、勝蔵もやって来た。

「おかしら。たいへんだ。隠れ家がやられた。ここにも来るかもしれねえ。念のためだ。すぐに逃げたほうがいい」

「ちくしょう。わかった。おつた」

「はい」

ふたりは奥に引っ込んだ。

東次郎は外に出て、火盗改めがやって来るのを見張った。まだ、白状していないかもしれない。だが、白状するのは時間の問題だ。

藤太とおつたが風呂敷の荷物を持って出て来た。

「おかしら。こっちだ」

勝蔵は船に案内した。

ふたりが船に乗り込み、東次郎も続いた。

「よし。行け」

藤太が勝蔵に声をかけた。

そのとき、大川のほうから船がやって来た。提灯の明かりの下に武士らしい男の姿が見えた。

「来た」

勝蔵は吐き捨て、急いで船を出した。

暗いので、こっちの船は見られていないはずだ。

大島川から大横川に入った。

「みな、俺には掛け替えのない連中だった……」

仲間のひとりひとりを思い浮かべているのか、藤太が沈んだ声を出した。

「藤太親分。これを機会に足を洗い、おつたさんと江戸を離れたらどうだ」

東次郎は勧めた。

「おかしら。そうしてくれ。仲間を根こそぎ奪われちゃ、もうおしめえだ」

櫓を漕ぎながら、勝蔵も言う。

「いや。このままじゃ、あいつらに申し訳が立たねえ。仕返しをする。工藤源内って火盗改めの与力に仕返しをしなきゃならねえ」

藤太は悲壮な覚悟で言った。

「工藤源内の制裁は俺に任せろ」

東次郎は強く言う。

「いや。俺がやらなきゃならねえんだ。じゃなければ、俺はあいつらに顔向け出来ねえ」

藤太は死ぬ覚悟でいることがわかった。

「おつたさんは、それでいいのか」

東次郎はきいた。

「こうと決めたら最後までやり抜くひとですから」

おつたは寂しそうに言った。

船は竪川から大川に出た。寒風が身を凍らせるようだ。

「どこに行くんだ？」

東次郎はきいた。

「橋場に万が一のために用意していた家があるんだ。そこに行く。そこを知っているのは俺とおかしらだけだ」

櫓を漕いでいる勝蔵の息が上がって来た。

「勝蔵さん、だいじょうぶか」

東次郎は心配して声をかけた。

「なあに、心配いらねえ。おかしら」

勝蔵が声をかけた。

「おかしらとふたりきりになっちまったが、江戸に来たときもそうだった。ふたりで暴れていたときのことを思い出しませんかえ」

「そうだな。よく、きょうまでやって来れたものだ」

藤太が暗い川面に目をやりながら応じた。

「おかしら。あっしはどこまでもおかしらのあとについて行きますぜ」

勝蔵も復讐に手を貸すと言っているのだ。

暗い波のうねりに揺られながら、船は橋場に向かっていた。

第四章　報　復

一

　低く斜めに射す朝陽を浴びながら、東次郎は勝蔵といっしょに蔵前を通って浅草御門に差しかかった。

　仕事場に出かける職人の姿も目立ち、棒手振りも路地に入って行く。

　昨夜は、勝蔵が用意していた橋場の隠れ家に泊まり、朝になって引き上げて来た。

　藤太と勝蔵は火盗改めの工藤源内に復讐を誓い、これからはそのために動くと悲壮な覚悟を固めた。

　その前に、一味の者がどうなったのか確かめるために、東次郎は根津鯉太郎に会うつもりで、駿河台の火盗改めの役所に向かうところだった。

浅草御門を抜け、柳原通りに入った。柳原の土手の柳も葉を落とし、寒々とした冬の風景が広がっている。

「何かあったんでしょうか」

勝蔵がふと前方を見てきいた。

土手のほうに駆けて行く同心の姿が目に飛び込んだ。小者もいっしょに走っている。

「殺しがあったのかもしれない」

土手の下にひとだかりがしていた。

「行ってみよう」

東次郎と勝蔵はひとだかりに足を向けた。

野次馬の背後から覗き込む。紺の股引きに着物を尻端折りした男が倒れている。さっきの同心がしゃがんで死体を検《あらた》めていた。

「おや」

勝蔵の目が鈍く光った。

「どうした?」

「喜作に似ています」

勝蔵が顔をしかめた。

「そうか。喜作に間違いないだろう」

工藤源内に殺されたのに違いないと、東次郎は思った。

「利用するだけ利用しておいて、用済みになればこうか」

勝蔵が怒りに声を震わせた。

「喜作の口から、自分の企みがばれる恐れがあるからな。怪しまれるといけない。行こう」

東次郎は勝蔵に言い、その場を離れた。と、そのとき、野次馬の中に、根津鯉太郎の姿を見つけた。

「勝蔵さん。ついて来てくれ」

東次郎は鯉太郎のほうに向かった。

鯉太郎も東次郎に気づいて待っていた。

「東次郎さん。ひとに見られたくありません。柳杜《やなぎもり》神社に」

そう言い、鯉太郎は歩きだした。

東次郎と勝蔵も少し遅れて鯉太郎のあとを追った。

柳杜神社の境内に入ると、社殿の横に鯉太郎が待っていた。

鯉太郎が勝蔵を気にした。

「このひとは私に力を貸してくれているひとだ。鯉太郎、さっきの死体は喜作だな」

東次郎は問いつめるようにきいた。

「はい」

「なぜ、あの場所に行ったのだ？」

「気になって」

「何が気になったのだ？」

鯉太郎は苦しげに顔を歪めている。

「鯉太郎、どうした？」

「東次郎さんの話を聞いてから、工藤さまと喜作のことが気になっていたんです。ゆうべ遅く、工藤さまと喜作がふたりでどこかへ出かけました。そしたら、今朝になって柳原の土手で死体が見つかったと聞き、もしやと思って……」

「そうか。工藤源内が口封じのために喜作を殺したのだ」

「まだ、信じられません」

鯉太郎は首を横に振った。

「よいか、鯉太郎。工藤源内は己の私的な欲得のために、火盗改めの与力という職を利用しているのだ。そなたたちは騙されている」

東次郎が一喝すると、鯉太郎は唇を嚙みしめて頷いた。

「一昨日の夜、火盗改めは押上村の百姓家を急襲したな？」

「はい。鹿島の藤太一味の隠れ家でした」

鯉太郎は顔を上げ、素直に答えた。

「工藤源内の指図で動いたのだな」

「はい」

「一味はどうした？」

「鹿島の藤太と勝蔵という番頭格の男以外の七人を捕らえました」

「捕らえた？　生きて捕まえたのか」

「いえ、手向かった五人を斬り捨て、ふたりを生け捕りしました」

鯉太郎はちらっと勝蔵に目をやった。勝蔵がうめき声をもらしたからだ。

「生け捕りにした者に拷問を加え、鹿島の藤太の隠れ家をきき出した。そして、昨夜、そこに押しかけた？」

「はい。一日掛かりの拷問でやっと相手は白状しました」

「場所は？」

「深川蛤町のおつたという女の家です」

「結果は？」

「裳抜けの殻でした」

「そのとき、喜作は同行したのか」

「しました。鹿島の藤太の顔を知っているのが喜作だけだからです」

鯉太郎は暗示にかかったかのように東次郎の問いかけに素直に答えた。

「工藤源内は逃げられたと知ってどうした？」

「地団太《じだんだ》を踏んで悔しがっていました」

「喜作に何か言っていたか」

「裏切ったなと、激しい剣幕でした。でも、喜作は懸命に否定していました。喜作が裏切ったのではないことは工藤さまも納得したようでしたが」

鯉太郎は息苦しそうに言った。

「鯉太郎。まだ、工藤源内を信じるのか」

「…………」

「まあ、無理もない。証拠もないからな」

東次郎はため息をついてから、

「工藤源内の顔を教えてもらいたい」

と、頼んだ。

「あとで、工藤さまとともに、もう一度、蛤町に行きます。逃亡先の手掛かりを求めて。お屋敷の近くに隠れていてください。工藤さまの真後ろについて行きますから」

「よし、わかった。俺のことは口にしないでもらいたい」

「絶対に言いません。でも、工藤源内は、東次郎さんのことに気づいているようです。注意なさったほうがいいです」

「わかった」

「じゃあ、私は役所に出ます」

鯉太郎は神社を出て駿河台に向かった。そのあとを、東次郎と勝蔵はついて行った。

「東次郎さん。やっぱし仲間はやられちまったんですね」

勝蔵はしんみりと言った。

「そうらしいな」

「覚悟をしていたとはいえ、実際に知らされると胸が痛みます」

勝蔵は悄然と駿河台に向かった。

火盗改め頭である御先手頭の板倉三蔵の屋敷の表門が見える場所で、東次郎と勝蔵は工藤源内が出て来るのを待っていた。

向かいの屋敷の角の銀杏《いちょう》の樹の陰であり、日陰なので寒かった。そこで、もう半刻（一時間）ちょっと待っていた。

ようやく昼近くになってから、脇門から火盗改めの与力、同心たちが出て来た。真ん中に深編笠の武士がいた。その背後に、鯉太郎がぴったりついていた。

「笠で顔が見えねえ」

勝蔵が舌打ちした。

「仕方ない。つけよう」

「へい。では、あっしが先に」

勝蔵は手拭いで頰被りをした。継《つ》ぎ接《は》ぎだらけの野良着姿で、籠を背負っていた。どうみても、江戸市中に野菜を売りに来た近在の百姓という雰囲気だった。

一行は須田町から本町のほうに向かい、伊勢町堀から鎧河岸《よろいがし》を通り、永代橋に向かった。隊を組んで、一糸乱れぬ歩行だ。勝蔵が火盗改めの一行をつけ、勝蔵のあとを東次郎がつけていく。

一行は足早に永代橋を渡って行く。まったく、背後を警戒していない。

永代橋を渡り、一の鳥居をくぐって永代寺門前仲町から蛤町にやって来た。

おつたの家が見える場所で、勝蔵が待っていた。

「今、家の中に入って行きました」

「手ぬかりはないのか」

「ありません。いくら、捜索されても何も出てきません。その点は抜かりありません」

「そうか」

東次郎は安堵した。

四半刻（三十分）経ってから、火盗改めの連中が出て来た。深編笠を手にした侍が顔を出し、そのうしろから鯉太郎が続いた。

「あれが工藤源内か」

なるほど、馬面で、融通のきかなそうな顔つきだ。生真面目な印象がする。こんな男がどうして『山川屋』と繋がったのか。金で動きそうな男に見えなかった。が、人間は見かけではわからない。

再び、隊を組んで一行は永代橋のほうに向かった。

だが、工藤源内だけは残った。

一行と反対の方向に歩いて行った。永代寺のほうである。

勝蔵がつけ、東次郎があとに従う。

案の定、源内は入船町にやって来た。『山川屋』を訪れるのだとわかった。『山川屋』との繋がりがいつから、どの程度なのか。

そこを知りたいのだが、その術《すべ》がない。

源内は『山川屋』に入って行った。

東次郎が横に立つと、

「忍び込んでみましょうか」

と、勝蔵が言った。

「いや、危険だ。中には、まだ浪人たちもいよう」

「でも」

「それに、ふたりの話を盗み聞きしても、ふたりの繋がりはわからないだろう。そんな話はするまい。ただ、工藤源内と山川屋が親しい関係にあるとわかっただけでも収穫だ」

表向きは、先日の押込み騒ぎの件でという口実だろうが、実際は違うはずだ。

「あっ、もう出てきましたぜ」

工藤源内は懐手で出てきて、にやりと笑った。

そして、懐から手を出し、深編笠をかぶって来た道を戻った。

「金だ」

東次郎は呟いた。

「金ですか」

「そうだ。金をせびりに来たのかもしれない」

東次郎は自分の勘に間違いないと思った。

「行きますぜ」

勝蔵は源内のあとを追った。

遅れて、東次郎も歩きだした。

一の鳥居をくぐり、八幡橋を渡った。そして、熊井町を抜けて、永代橋に差しかかった。ふいに源内が立ち止まって振り返った。

勝蔵は立ち止まるわけにはいかなかった。そのまま、源内の脇をすり抜けようとした。

「待て」

源内が呼び止めた。

「へい」

勝蔵が足を止めた。

「拙者のあとをつけていたのか」

「とんでもない」

勝蔵があわてて手を横に振る。

東次郎は刀の柄に手をかけた。もし、源内が抜いたら飛び出して行くつもりだった。

「そうか。では、先に行け」

「へ、へい。失礼します」

勝蔵はすたすたと永代橋を渡って行った。

勝蔵が橋の真ん中辺りに差しかかってから、源内は永代橋を渡らず、佐賀町のほうに足を向けた。

用心のために新大橋を渡るつもりなのか。

今度は東次郎があとをつけた。

不思議だった。なぜ、源内はあっさり勝蔵を許したのか。深く詮索しなかったのはなぜか。

源内は油堀川を越え、仙台堀、小名木川を越えてから新大橋にやって来た。途中で、源内は背後を気にした。

それを予期して、東次郎は町家の角に身を隠していた。

源内が新大橋を渡りはじめてから、東次郎は追いはじめた。

新大橋を渡る。寒風が吹きすさぶ。身震いするような冷たさだ。橋を渡り、源内は武家地を抜けて浜町堀に出た。

浜町河岸を源内は急いだ。武家屋敷が途切れると、久松町になる。東次郎はふいに路地に身を隠した。

源内がいきなり振り返ったのだ。間一髪のところで、見破られなかった。

源内は久松町に入った。すぐにあとを追う。すると、源内がある一軒家に入って行くのがわかった。

間を置いて、東次郎はその家に近付いた。小体《こてい》で小粋な家だ。女を囲っているのだと思った。

東次郎はその家の前をそのまま素通りした。連子窓《れんじまど》から覗かれているかもしれないと警戒したのだ。

行き過ぎてから少し戻り、小商いの足袋屋の前に立った。

小太りの主人らしい男に、

「その小体な家は誰が住んでいるのかな。いや、今、私の知り合いが入って行ったのだが」

と、さりげなくきいた。

「あそこはおゆきさんという芸者上がりの女が住んでいますよ」

「芸者上がり？　どこに出ていたんだ？」

「深川の仲町らしいですぜ。ときたま、お侍さんがやって来ます。そのお侍さんが旦那でしょう」

主人はにやついて言った。

「長く住んでいるのか」

「いえ、この半年ぐらいですかねえ」

「半年か。じゃました」

東次郎は足袋屋から離れた。

だんだん読めてきたと、東次郎は厳しい目をおゆきなる女の家に向けた。

東次郎は引き上げ、そのまま橋場に向かった。

二

　その夜、東次郎は橋場の家で、藤太と勝蔵と向かい合っていた。勝蔵は源内に見破られてから、すごすごと橋場まで帰って来ていた。

「工藤源内に女がいた。深川の芸者上がりのおゆきという女だ」

　東次郎は説明する。

「源内は山川屋から金をもらったのだ。その金を持っておゆきのところに行った」

「ひょっとして、山川屋が源内におゆきをあてがったんじゃないですかえ」

　藤太が不快そうに言った。

「おそらく、そうであろう。源内は山川屋に籠絡《ろうらく》されたのだ。ただ、その証拠を摑まねば、とぼけられる」

「芸者のときのおゆきを調べましょう。山川屋がおゆきを贔屓《ひいき》にしていたのかもしれません。私は、小次郎《こじろう》という芸者を知っています。小次郎さんならおゆきさんのことを何か知っているかもしれません」

　おつたが言い出した。

「やってくれるか」

藤太がおつたに顔を向けた。

「ええ」

「しかし、深川に足を向けてだいじょうぶか」

東次郎は心配してきいた。

「火盗改めだって私の顔は知らないはず。だいじょうぶですよ」

「しかし、おゆきについていろいろききまわっていたことは、あとで火盗改め、あるいは山川屋の耳に入ると思っておいたほうがいい」

「わかりました」

「おつたさん。すまない」

東次郎は頭を下げた。

「いやですよ。私でお役に立てるなら喜んで」

と、おつたは微笑んだ。

「あっしが、おつたさんに付き添います。何かあったら、あっしがお守りいたしやす」

勝蔵が厳しい顔で言った。

「勝蔵。そうしてくれ」

藤太が応じた。

「へい」

「東次郎さん」

藤太が顔を向けた。

「工藤源内と山川屋、そして勘定奉行が絡んでいるってことですね」

「そうだ。ただ、わからないのは、なんのために父を作事奉行の座から引きずり下ろそうとしているのかがわからない。上野寛永寺の本堂の修復工事など、そんなにうま味のある仕事とは思えぬ」

上野寛永寺の本堂の修復工事は『飛騨屋』と宮大工の棟梁の家の押込み、そして罪をなすりつけた鹿島の藤太一味の潰滅という大がかりな企みをするほどのものとは思えない。

もっと何か他の目的があるのだろうか。

「しかし、すべては山川屋が知っているはずだ。工藤源内との繋がりの証拠を掴んで、山川屋と対峙《たいじ》する」

東次郎は覚えず拳を握り締めた。

その夜、橋場から小川町の屋敷に帰って来たとき、東次郎は奇妙なひと影に気づいた。

どうやら、屋敷を見張っているらしい。火盗改めの密偵だと直感した。

敵もばかではない。作事奉行坂本東蔵の次男の東次郎という男が何か動いているという疑いを持ったのだ。

東次郎は勘当されたことになっているのだ。屋敷に帰るのは拙いと思い直し、引き返した。

三

翌朝、東次郎は日本橋小舟町のおみよの家で目を覚ました。

台所からおみおつけのいい匂いが漂ってくる。

昨夜、遅い時間にやって来た東次郎に、おみよは目を丸くしていた。それから、おみよと酒を酌み交わした。

寝床からゆっくり出て、厠に行く。おみよが気がついて飛んできた。

「おはようございます。お休みになれました？」

「うむ。ぐっすり寝入った」

東次郎は答えた。

厠から出て小さな庭に目をやる。庭は霜で真っ白になっていた。冷気に、身が引き締まる思いだった。

小川町の屋敷から比べるとちっぽけな家だ。だが、心安らぐ。武士を捨て、おみよとここで暮らしたいとしみじみ思った。

「寒くないですか」

おみよが近寄ってきた。

「気持ちのいい朝だ」

「ええ、ほんと」

おみよも空気を思い切り吸い込んだ。

「お屋敷に帰らず、だいじょうぶなんですか」

おみよが心配してきいた。

勘当の身だからだいじょうぶだと言ったら、おみよは驚くだろう。その説明も出来ないので、東次郎はあいまいに、

「今、父上も兄上もお忙しいので、こっちのことまで気がまわらない。気にすること
はない」

　と、おみよを安心させた。

「朝餉の支度が出来ました」

「わかった」

　東次郎は顔を洗い、口を濯《すす》ぎ、居間に行った。

　長火鉢の上で鉄瓶から湯気が出ている。部屋の中は暖かい。焼き魚と和《あ》え物にお新
香、ご飯に湯気が出ていた。

　おみよがおみおつけの椀を持って来た。

「おみよもいっしょに食べよう」

「はい」

　おみよは立ち上がってお椀をとりに行った。

「いいもんだ」

　飯を食べながら、東次郎は呟いた。

「何がでございますか」

　おみよが箸を動かす手を止めてきいた。

「いや」

東次郎は微笑みを返しただけだった。

東次郎の気持ちが通じたのか、おみよはただ微笑んで、それ以上はきかなかった。

飯を食べ終えたあと、ふと思い出したように、おみよが言った。

「きのうも、矢内さまがお見えになりました」

「栄次郎が？」

「はい。これで、三度目です。まったく連絡がないと答えておきましたが……」

「うむ。それでよい」

「矢内さまはとても会いたがっていました」

「そうか」

すまないと思うものの、この件を知れば、栄次郎は必ず自分に手を貸そうとするだろう。場合によっては、栄次郎にまで災いが及ぶやもしれぬのだ。

「これからも、連絡がないと言っておくのだ」

「わかりました」

それからしばらく縁側の日向《ひなた》でのんびり時を過ごし、夕方になってから家を出た。

永代橋を渡り、深川にやって来た。

おつたと勝蔵は仲町の小次郎という芸者に会いに来ているはずだ。暮六つに、富岡八幡宮の境内で落ち合うことになっていた。

蛤町の家は危険であり、おつたも近寄らないはずだった。冬の日は短く、陽は傾いていたが、暮六つまで若干の間があった。

だが、境内に入って行くと、すでにふたりは待っていた。

「東次郎さん。わかりましたぜ」

勝蔵は軽く昂奮をしていた。

「おゆきという芸者は山川屋に身請けされてました」

おつたが答えた。

「そうか。そこまでわかれば、山川屋の企みも明らかだ」

東次郎は満足そうに頷いた。

「じゃあ、あっしたちはこれで」

勝蔵がひと目を気にして言った。

「今後のことは明日相談しようと藤太親分に伝えてくれ」

「はい」

おつたが頷く。

ふたりが境内を出て行くのを見送った。辺りに不審な人間がいないのを確かめて、東次郎も境内を出た。

東次郎はそれから入船町に向かった。

『山川屋』の前を行き過ぎる。途中で振り返ると、路地から浪人が出て来た。三人だ。『山川屋』の離れで暮らしている浪人に違いない。そして、鹿島の藤太一味の名を騙って、『飛騨屋』に押し入った者たちだ。東次郎はそう確信している。

真ん中に肩幅の広い大柄な男、左に小柄な男、右にやせた長身の男の三人の侍は三十三間堂裏に向かった。

居酒屋の『ひさ屋』の提灯の明かりが見えた。三人は『ひさ屋』の縄暖簾をくぐった。

東次郎は迷った。吉次としては何度も来たが、侍の姿で入って行くことがためらわれたのだ。

背後で賑やかな声がした。

川並の連中がやって来たのだ。真ん中にいる図体の大きな男は権太だ。権太はちらっと東次郎に目をやったが、そのまま『ひさ屋』に入って行った。

東次郎は店に入るきっかけを失った。外で、浪人たちを待つことにした。待って、どうするという当てはない。

問い詰めても、正直に話す連中ではない。山川屋に雇われたしもべのような人間だ。だが、『飛驒屋』に押し込んだ感触だけでも摑んでおきたいという気持ちが強かった。

四半刻ほど経って、店の中から怒鳴り声がした。声の主は権太のようだ。

「『山川屋』の居候だな。そんなことをしたけりゃ、他に行け。ここは娼家じゃねえ。てめえたちのような薄汚ねえ野郎が来るところじゃねえ。とっとと出ていきやがれ」

「威勢がいいな。素っ首を落してやる。それでも喚いていられるか、ためしてやろう」

落ち着いた声だ。

「よし。俺が相手をしてやろう」

「やめて。お侍さん、勘定はいいから帰っておくれ」

「女将、尻をなでられたくらいで、そんなに喚くな」

激しいやりとりが聞こえてくる。

東次郎は戸障子の隙間から中を覗いた。

権太たちが外に出て来た。東次郎は脇によけた。そのあとから、浪人が出て来る。

「おい、でかいの」

長身の男が権太を呼び止めた。

「素っ首を叩き落とすだけだ。すぐ終わる。ここでいい」

「なんだと」

権太が店の路地に駆け込み、大きな角材を持って来た。権太はその角材を軽々と扱いながら叫ぶ。

「てめえのほうこそ、首を骨を折ってやる」

「その元気も今だけだ」

長身の浪人が含み笑いをした。

「この野郎。覚悟しやがれ」

権太が角材を頭上で一回転させてから長身の浪人の頭目掛けて振り下ろした。が、浪人が体《たい》をかわした瞬間、月光に白刃が一閃したかと思うと、角材が真っ二つに斬り裂かれた。

あっと、体勢を崩した権太はたたらを踏んで最後に大きな音をたててじべたに倒れた。そこに浪人が近付き、

「その首、もらった」

と、切っ先を権太の首筋に突き付けた。

「ちくしょう。やれるものならやってみやがれ」

権太の声は弱々しかった。

「お望みどおりやってやろう」

浪人は不気味な笑みを浮かべ、刀を振りかざした。

「よせ」

東次郎は飛び出した。

「なんだ、貴様は?」

「町人相手に刃物を振りまわすなんて見苦しい」

「なんだと」

大柄な浪人が東次郎の前に出た。

「俺たちに喧嘩を売るというのか」

「別に喧嘩を売るつもりはない。さっさと刀を引いて、引き上げたらどうだ。そうじゃないと、この辺りの嫌われ者になるぞ」

「おぬし、腕に覚えがあるようだの。おもしろい。相手になってもらおうか」

長身の男が抜身を下げたまま、東次郎に近付いた。

「俺の相手に不足だ」

東次郎はわざと相手を怒らせた。

「なんだと」

「そんな、かっかするところをみると、あまり腕に自信がないものと見える。これまで、無腰の町人しか斬ったことはあるまい」

「言わしておけば」

長身の浪人が上段から斬りつけた。東次郎も一歩踏み込みながら素早く抜刀し、相手の剣を鍔元《つばもと》で受けとめた。

そして、押し返す。相手も必死で力を込めて来た。

「盗賊の真似をするために、『山川屋』に雇われたのか」

東次郎は言い切った。

「なに。きさま、何奴」

相手が目を剝いた瞬間をとらえ、刀を返し、素早く相手の脇をすり抜けながら脾腹を刀の峰で打ちつけた。

うっと呻いて、長身の浪人はくずおれた。

さっと、残りの浪人ふたりが剣を抜いた。

「よし、かかってこい」

東次郎は剣を正眼《せいがん》に構えた。

浪人ふたりは八相《はっそう》に構えたまま斬り込めずにいる。

「どうした、来ないならこっちから行く」

東次郎が足を踏み出そうとしたとき、

「お待ちなさい」

と、鋭い声がした。

東次郎は刀を引き、声の主に目をやった。

羽織を着た商人体《てい》の男は山川屋文五郎だった。

「私どもの雇人が無礼を働いたそうで、失礼いたしました。どうぞ、お許しくださ
い」

「俺に謝ってもらっても仕方ない。謝る相手は向こうだ」

東次郎は権太に目をやった。

「みなさん、お詫びの印に、酒代はこちらでお持ちいたします。どうか、それでお許
しください」

そう言い、山川屋は権太に一両小判を渡した。

「こんなに」

「どうぞ。残ったら、また、明日にでもお使いください」

「いいのか。おい、みんな。旦那にお礼を申し上げろ」

権太が機嫌を直した。

川並の連中が一様に礼を言うのに鷹揚に応え、山川屋は浪人たちに声をかけ、先に引き上げさせた。

そして、改めて東次郎の前に立ち、

「坂本東次郎さまでございますね」

と、口許に笑みを浮かべて言った。

「どうして知っているのだ？」

屋敷前を見張っていた火盗改めの密偵らしい男を思い出した。

「いろいろとございまして」

「火盗改め与力の工藤源内どのからか」

「なぜ、工藤さまの名が？」

「親しいようだからな」

「…………」

「山川屋。今の浪人に押込みの疑いがあるのを知っているか」

東次郎は鎌をかけた。

「はて、押込みとは？」

「その『飛騨屋』と神田須田町の宮大工の家だ」

「何を証拠に？」

山川屋の表情が変わったような気がした。

「まあ、いい。また、会おう」

東次郎は言った。

「坂本さま。どうか、お父上にお考え直しくださるようにお願いしていただけませぬか。今なら、まだ間に合うと思いますゆえ」

「ほう、何が間に合うのだ？」

東次郎は鋭く相手を見据え、

「山川屋。そなたの目的はなんだ？」

「ただただ、作事奉行どのとお親しくなりたいだけでございます。では、またお会いいたしましょう」

山川屋は引き上げて行った。

「旦那。危ないところを助けていただいて」

　権太が近寄って来て礼を言った。

「権太。久し振りだな」

「はて」

　権太は小首を傾げた。

「申し訳ありませんが、あっしは旦那を存じあげませんぜ」

「そうか。では、その太い腕を出してみろ」

「腕ですかえ」

　納得がいかない顔で、権太は腕を突き出した。

「こうですかえ」

「そうだ」

　東次郎は片手を伸ばし、権太の手首を摑んだ。そして、手首のツボを強い力で押さえつけた。

「すまなかった」

　東次郎はすぐ手を離した。

「痛てえ。な、なにしやがんでえ」

権太は手を振りながら叫んだ。

「権太。思い出しただろう。俺だ」

「なに」

顔を歪めながら、権太が痛みの走った手首と東次郎の顔を見比べた。やがて、権太が素っ頓狂な声を上げた。

「あっ。まさか、吉次……」

「そうだ。吉次だ」

「ほんとうなのか。お侍だったのか」

女将も近寄って、

「驚いたわ。見違えた。さあ、入って」

女将が東次郎の腕を摑んで店に引っ張り込んだ。

権太たちも入って来て、

「女将、酒をじゃんじゃん持って来てくれ。金ならたくさんある」

と、騒いだ。

酒が届いて、権太が東次郎に酌をしながら、

「でも、吉次いや、名前はなんでしたっけ？」

と、きいた。

「坂本東次郎だ」

「そうか。さっき、山川屋がそう呼んでいた。でも、なんで、姿を変えて、こんなところに来ていたんですかえ」

「山川屋のことでな」

「やっぱし、山川屋は後ろ暗いことがあるのか」

「ほう、なぜ、そう思うんだ？」

「この数年であんなに商売を大きくした。作事奉行とつるんで好き勝手なことをしているという噂だった。今だって、妙なことをやっている」

「妙なこと？」

「大きな声じゃ言えねえが、どうやら材木を買い占めているようなんです」

「なに、材木を？」

「へえ。新たに広げた木置場ももう半分ほど材木で埋まってますからね」

「何か目論見があるようだな」

その材木が捌ける当てがあるに違いない。いったい、何があるのか。

年配の商人ふうの男が近付いて来た。この店の常連らしく、何度か見かけたことが

ある。東次郎の前に立ち、うやうやしく、

「失礼ですが、もしや、あなたさまは杵屋吉次郎さまではありませんか。市村座の舞台で観たことがございます」

と、声をかけてきた。

「吉次さんと名乗っていたときに、ここで三味線をお弾きになられました。じつは、あのとき、もしやと思ったのですが」

どうやらとぼけても無理なようだと察し、

「お恥ずかしいが、じつはそのとおりだ」

と、正直に打ち明けた。

「やっぱり、そうでしたか」

「よお、どういうことなんだ？」

権太が男にきいた。

「こちらは市村座にも出ている杵屋吉次郎さまと仰る三味線弾きでございますよ」

「えっ、東次郎さまはお侍なのに舞台に？」

権太は目を瞠り、まじまじと東次郎の顔を見た。

「なあに、下手《へた》の横好きだ」

「とんでもない。立三味線をおやりなさる」

商人が東次郎を讃えると、権太が、

「東次郎さま。また、ひとつ聞かせてやっちゃくれませんか」

と、顔色を窺うようにきいた。

皆の目にも期待の色があふれていた。

「じつは、やらねばならぬことがある。それが済んだら、喜んで弾かせてもらおう」

「ほんとうですかえ。約束ですぜ」

権太が皆を代表して言う。

「わかった。その代わり、権太も木遣りをじっくり聞かせてくれ」

「へえ、喜んで」

それから賑やかになった。みな、気性は荒いが、気のいい連中だった。東次郎もすっかりよい気持ちになっていた。

四

翌朝も、おみよの家で目覚め、朝餉を済ましてから橋場に向かった。

どんよりして今にも降りだしそうだ。寒かったが、蔵前まで歩いて来た頃には汗ばんできた。

工藤源内と山川屋の繋がりがわかった。さらに、山川屋は勘定奉行の財部勘太夫とも繋がっている。

しかし、これだけでは事件の全容が解明出来たとはいえない。まだ、山川屋の目的が見えて来ないのだ。

別に黒幕がいて、さらなる野心を企んでいるように思えてならない。その証拠のひとつが山川屋が材木を買い占めていることだ。

近々、何か大きな工事があるのだろうか。

花川戸《はなかわど》に入り、今戸《いまど》を抜け、ようやく橋場にやって来た。

藤太のいる家に辿り着き、居間で向かい合った。

「東次郎さん。きのう、勝蔵とも相談したんですが、俺たちふたりで工藤源内を妾の家で襲うことにしました。それから、山川屋に押し入ります。工藤源内と山川屋は仲間の仇ですから」

藤太の静かな物言いの中に凄まじい闘志が秘められているのがわかった。勝蔵の表情にもかつてないほどの強い覚悟が見られた。

ふたりとも死ぬ気だと思った。傍らのおつたは何かに耐えるように硬い表情でじっとしていた。

「東次郎さん。このふたりが死ぬと、東次郎さんにとって困ることはございますか。事件の解決に差し障りが出てくるとか」

「いや。このふたりを問いつめても口を割ることはない」

東次郎は言い切った。

おそらく、真の黒幕は勘定奉行の財部勘太夫の背後にいるのに違いない。工藤源内と山川屋も、その黒幕とは接触がない可能性が強い。

「いつだ、決行は？」

「きょう明日にも」

藤太はきっぱりと言った。

「わかった。手を貸そう」

「いけません」

藤太が即座に言った。

「鹿島の藤太として、私たちは仲間の復讐をするのです。盗人に手を貸して火盗改めを斬ったとなれば、のちのち東次郎さまにとってまずいことになりましょう。ここは私たちにお任せください」

「そうか。わかった」

東次郎は理解を示してから、

「ただし、生きるんだ。事が済んだら江戸を離れろ。そして、鹿島の藤太を殺し、堅気の別人となって生きるんだ。仲間の冥福を祈りながら」

と、強い口調で言った。

「東次郎さん。このとおりだ」

藤太が頭を下げると、勝蔵も深々と腰を折った。

「きょう通旅籠町《とおりはたごちょう》の『井筒屋《いづつや》』という宿に、信州から商売で来た藤吉《とうきち》という名で泊まります。そこを根城に、久松町の妾の家を見張ります。もし、きょうにも工藤源内が現れたら、実行に移します」

「わかった。何かあったら、そこに訪ねよう」

「はい」

「おつたさんを大事にしてやれ」

そう言い残し、東次郎は引き上げた。

その日の夕方、東次郎は浜町堀を越えて久松町にやって来た。

工藤源内の妾の家の前を素通りする。工藤源内が来ているかどうかわからない。途中で引き返し、再び妾の家の前を通って浜町堀に出た。

夕陽が斜めから射してきた。やがて、辺りは暗くなっていった。

そのとき、浜町堀沿いを歩いて来るひと影を見た。とっさに、東次郎は民家の脇に身を隠した。

やがて、黒いひと影が近付いて来た。やはり、工藤源内だった。源内はまっすぐ久松町に入って行った。

民家の脇から出ようとして、東次郎は思い止まった。もうひとり、ひと影が近付いて来た。焦ったように、東次郎の前を走り去った。

根津鯉太郎だ。工藤源内をつけてきたのだと思った。源内を見失って焦っているらしく、行ったり来たりしている。

東次郎は出て行った。引き返して来た鯉太郎が東次郎に気づいて、あっと声を上げた。

「工藤源内をつけて来たのか」

「……………」

「鯉太郎、なぜ、源内をつけて来た？」

「別に、つけてきたわけではありません」

「偽りを申すな。ついて来い」

東次郎は先に立って、久松町に入って行った。そして、板塀に囲われた小体な家が見えるところで立ち止まった。

「あの家にいるはずだ」

東次郎は指で示した。

「あの家はどなたの？」

鯉太郎が緊張した声できいた。

「おゆきという元仲町の芸者の家だ。材木問屋『山川屋』の主人文五郎に落籍《ひか》されて、あの家に住んでいる。だが、どういうわけか、工藤源内が通っている」

「………」

鯉太郎から返事がない。

「どうする？」

「どうすると申されますと？」

「家を訪れ、ほんとうに工藤源内がいるかどうか確かめてみるか」

「……………」

「また、だんまりか。思い切って、家を訪れ、その目で現実を見て来い」

「そこまでする必要はありません」

「黙って目を瞑るということか。よいか、工藤源内は山川屋から金をもらい、妾の世話までしてもらっていたのだ。当然、その見返りに」

「おやめください」

鯉太郎は叫んだ。

「いいのか、このまま許しておいて。火盗改めに正義がなくなる」

「工藤さまは私たちに何かと面倒を見てくださいます。これまでにもたくさんの凶悪犯を捕らえてきました。仮に女のひとがいたとしても非難されるべきではありません」

「『飛騨屋』の押込みを知っていて見過ごした。いや、手を下さなくとも、押し込んだ連中と同罪だ」

「……………」

鯉太郎は苦悶の表情をした。

「鯉太郎。なぜ、源内をつけて来たのだ？　妾を認めるなら、なにもつけてくる必要はあるまい」

「工藤さまのご妻女どのが……」

「ご妻女がどうしたのだ？」

「きのう、工藤さまのお住まいを訪ねたところ、工藤さまは留守でした。そのとき、ご妻女どのが、主人はいつまで忙しいのかとお訊ねになりました。工藤さまはお役目でずっと役所に泊まっていると仰ったそうです」

「源内は役所などに泊まってはおらぬというわけだな」

「はい。それで、気になって」

「あとをつけて来たというわけか」

「はい」

「このままでいいと思うのか」

「いえ。でも……」

「でも、なんだ？」

そのとき、妾の家の格子戸の前にふたりの男が立った。鹿島の藤太と勝蔵だ。

鯉太郎も訝しげに見ている。

格子戸が開いた。いきなり、ふたりが押し入った。女の悲鳴が上がった。

あっと叫び、鯉太郎が駆けつけようとした。

「待て、鯉太郎」

東次郎は鯉太郎の腕を摑んだ。

「お離しください」

鯉太郎は東次郎の手を振り払おうとした。

そのうち、激しい物音が聞こえた。

「今のふたり、怪しい。早く、行かないと」

鯉太郎が絶叫した。

「行くんじゃない」

東次郎は叱るように押さえつけた。

「工藤源内は火盗改め筆頭与力の地位にありながら、山川屋に与《くみ》して凶悪な犯罪に手を貸した。このことが明るみに出れば、火盗改めはどうなるか。世間の批判を浴び、火盗改めはいっぺんに信頼を失う」

鯉太郎が力を抜いた。

と、同時に妾の家から女の絶叫が聞こえた。

戸口にふたつの影が現れた。左右を見回してから浜町堀のほうに逃げた。その際、東次郎に向かって軽く会釈をした。

ふたりが暗がりに姿を消してから、東次郎は鯉太郎の腕を離した。

一目散に、鯉太郎は走った。東次郎もあとを追った。

格子戸をくぐり抜け、部屋に駆け上がる。居間で、口を半開きにして、女が腰を抜かしていた。

障子が外れ、濡縁にどてら姿の侍が庭に体を半分落として倒れていた。

「工藤さま」

鯉太郎が駆け寄った。

体を抱き起こしたが、すでにこと切れていた。

「よいか。このことが世間に知れたらたいへんなことになる。早く、病死として取り計らうのだ」

「はい」

鯉太郎は呻くように頷いた。

東次郎はすぐに外に飛び出した。そして、藤太と勝蔵のあとを追った。

永代橋を渡り、永代寺門前町を突っ切って、入船町にやって来た。

『山川屋』は大戸が閉まり、ひっそりとしていた。藤太と勝蔵はまだ、忍び込んでいないのか。それとも、屋敷内のどこかで隙を窺っているのか。

東次郎は山川屋の屋敷のまわりを歩いてみた。まだ、何も起こらない。ひょっとして、山川屋は外出しているのかもしれない。

東次郎は表に出た。そして、思い切って潜り戸を叩いた。

「どちらさまでしょうか」

内側から声がした。

「工藤源内どのの使いだが、山川屋はおるか」

東次郎は偽りを言った。

「少々お待ちを」

潜り戸が開いて、番頭らしき男が顔を出した。

「工藤さまの使いなら、ちょっと前に参りましたが」

不審そうな顔で言った。

「そうか、そっちの者のほうが早かったか。で、山川屋はどこに？」

「洲崎弁天の境内にある『富士見家《ふじみや》』です」

「あいわかった」

東次郎はすぐに洲崎弁天に急いだ。

その途中で、提灯を提げてやって来る数人の男たちと出会った。その中に、権太の姿があった。

「権太か」

「あっ、これは東次郎さん」

「こんなほうから何があったんだ？」

「へえ、じつは川並の親方の還暦の祝いで、『富士見家』に」

「なに、『富士見家』だと？　では、招かれた客の中に山川屋はいたのか」

「いいえ、川並と木挽き職人たちですよ」

「山川屋は見かけなかったか」

「いえ、見ませんぜ。もっとも、あっちは離れの上等な部屋じゃないですかえ。あっしらは大広間のほうですから」

「そうか。すまなかった」

「これから、『富士見家』に向かうんですかえ」

「そうだ」

「えらいひとが来ているのか、乗物が置いてあって、警護の侍が何人も警戒していましたぜ。五人はいましたぜ」

勘定奉行ではないかと、東次郎は思った。

「では、急ぐでな」

挨拶もそこそこに、東次郎は『富士見家』に急いだ。

潮の香がする。洲崎弁天の境内にある料理屋『富士見家』の明かりが凍てついた闇の中で輝いていた。

わざわざ、料理屋に押し入ることはあるまい。藤太と勝蔵は山川屋が引き上げて来るのを待つはずだ。

東次郎は境内に入った。そして、『富士見家』の門を見張るに適した場所を探した。やはり、反対側の植込みの中だ。

東次郎はそこに足を向けた。しかし、藤太と勝蔵の姿はなかった。周辺を歩いてみたが、やはりふたりの姿はない。

東次郎は植込みに戻り、山川屋が出て来るのを待つことにした。どこで待ち伏せているのかわからないが、山川屋が『富士見家』から出てくれば、ふたりは行動に移すはずだ。

植込みに隠れて四半刻（三十分）後、『富士見家』の門に乗物が入って行った。門の周辺に護衛の武士が集まり、辺りに目を配った。

やがて、建物から客のふたりが出て来た。ひとりは山川屋だ。そして、もうひとりは武士だ。間違いない。勘定奉行の財部勘太夫だ。

ふたりは、財部が作事奉行時代からのつきあいだ。今夜、会ったからといって、父の失脚を謀ったという証拠にはならない。

財部が乗り込んだ乗物を、山川屋が見送った。

乗物は境内を出て、洲崎堤を提灯の明かりを頼りに行く。警護の侍がふたりついている。東次郎は見送ってからおやっと思った。さっき権太は警護の侍が五人いると言った。が、今乗物にしたがったのはふたりだ。残りはどうした。

（まさか）

藤太の襲撃に備えて腕の立つ家来を、財部から借り受けたのではないか。

やがて、山川屋が歩いて洲崎堤を出発した。案の定、三人の武士がしたがった。用心棒の浪人の姿はない。

東次郎は少し離れて暗闇に身を隠しながら山川屋のあとをつけた。だが、藤太と勝蔵は姿を現さなかった。

いったい、ふたりはどうしたのか。

結局、山川屋は無事に帰宅した。そして、三人の武士はそのまま『山川屋』に入って行った。

翌日、東次郎は通旅籠町の『井筒屋』という旅籠に藤太を訪ねた。

土間に入り、出て来た女中に、

「こちらに信州から来た藤吉というひとが泊まっているはずだが」

と、案内を乞うた。

「少々、お待ちください」

小太りの女中は大きな尻を揺らしながら梯子段を上がった。女中に代わって、勝蔵が下りて来た。

「東次郎さん。さあ、どうぞ」

大刀を外し、東次郎は二階に上がった。

部屋に入ると、藤太が待っていた。少し、疲れた顔をしていた。

「ゆうべ、洲崎弁天に行ったのか」

まっさきにそのことをきいた。

「どうして、そのことを？」

「工藤源内を殺《や》ったあと、山川屋を殺ると思い、あとを追った。『山川屋』の番頭が、工藤源内の使いが来たと言っていた。藤太親分と勝蔵さんだと思い、洲崎弁天に向かったのだ」

「そうでしたかえ。じつは、あっしたちは『山川屋』にもぐり込んだんです。屋敷の中で、山川屋が帰って来るのを待つことにしていたんです」

「なんと、そうだったのか。では、俺が洲崎弁天から『山川屋』まであとをつけてきたとき、屋敷内にいたのか」

「へい。ですが、すでにそのとき、工藤源内が殺されたという知らせが入っていたのかどうかわかりませんが、警戒が厳重でつけ入る隙がありませんでした。なにしろ、すさまじい緊張感に包まれていたんです。お恥ずかしい話ですが、その空気に萎縮しちまった。それで、諦めて引き上げたってわけです」

「おかしいな」

「何がですかえ」

「武士の三人は洲崎弁天から山川屋といっしょだったんだ。そんときはまだ、工藤源内のことは山川屋の耳に入っていなかったはずだ。だとすると、あの三人はなんのために『山川屋』に入り込んだのか」

「やはり、何かを警戒していたのでしょうか」

「うむ」

東次郎は何か腑に落ちなかった。

確かに、山川屋は警戒したに違いない。工藤源内との関係を看破され、『飛騨屋』の押込みの真相にも迫られた。そのことでは焦っていたに違いない。

「ひょっとすると」

東次郎ははっとした。

「東次郎さん、何か」

藤太が訝しげにきいた。

「『飛騨屋』の押込みの証拠を消そうとしているのかもしれない」

「どういうことですかえ」

「あの浪人たちだ。『山川屋』の離れにいた浪人たちが『飛騨屋』に押し入った賊だ。浪人の口から真相が漏れるかもしれない。口封じのために、三人の武士が送り込まれたのではないか」

「じゃあ、ゆうべのすさまじい緊張感は……」

「そうだ。あのあと、もしかしたら」

東次郎は刀を持って立ち上がった。

「様子を見てくる」

「あっしも行きます」

勝蔵がついて来た。

通旅籠町から葭町《よしちょう》を抜けて小網町から永代橋に向かった。

大川からの風は冷たく、永代橋を急ぎ足で渡り、門前町を過ぎて入船町の『山川屋』の前にやって来た。

同心や岡っ引きがうろついていた。東次郎は近くにいた職人体《てい》の男に声をかけた。

「何かあったのか」

馬面の職人が、

「あったなんてもんじゃありませんぜ。ゆうべ、たいへんな騒ぎだった」

と、振り向いて話した。

「ゆうべ、『山川屋』さんに居候している三人の浪人が強盗に早変わりしたそうなんで。たまたま、居合わせていた勘定奉行の財部さまの家来と斬り合いになって、浪人は三人とも斬られたってことです」

「やはり、そうか」

東次郎は唖然とした。財部がそこまでするとは……。今度の件に関して、財部がなみなみならぬ熱意があることがわかる。

「奉行所の調べでも、そういうことになったのか」

「それはそうなんじゃないですかえ」

奉行所はそれで納得するのだろう。殺されたのは浪人で、殺したのが勘定奉行の財部勘太夫の家来だ。詮索する余地もないということだ。

「あっ、あの武士ですよ」

肩幅の広い鋭い顔の武士だ。三十過ぎと思える。

「じゃあ、あっしはこれから仕事だもんで」

職人が去って行った。

「やっぱし、口封じですね」

「そうだ。工藤源内、浪人たちといなくなっても、山川屋にとっては痛くも痒くもないだろう」

「汚ねえ」

勝蔵が憤然と言う。

「おそらく、あの侍たちはしばらく『山川屋』に滞在するだろう。強力な用心棒だ。鹿島の藤太が仕返しに来るかもしれないと思っているのに違いない」

「ちくしょう」

勝蔵は無念そうに吐き捨てた。

「見られないうちに引き上げよう」

東次郎は勝蔵とともに来た道を引き返した。

帰り道、勝蔵は口数が少なかった。

通旅籠町の宿に帰り、待っていた藤太に一部始終を話した。

「勘定奉行の財部が積極的に乗り出してくるのは、よほどのうま味があるからだ。財部のことだ。些細なことに難癖をつけ、父を作事奉行から外すだろう。こうなったら、俺が山川屋を殺るしかない」

父を、そして坂本家を守るためにはそれしかないと、東次郎は思った。山川屋がいなくなれば、財部とてどうしようもないはずだ。

山川屋を斬る。自分はすべてを失うかもしれない。杵屋吉次郎という名も三味線もおみよも……。それでも構わない。

「東次郎さん。いけませんぜ。東次郎さんは手を出してはいけねえ。それに、山川屋に復讐するのはあっしたちの役目」

「いや。三人の武士は手強い。俺も手を貸す」

「東次郎さん。狙いはあくまでも山川屋ひとりだ。あっしと勝蔵でやってご覧にいれます。これだけはお約束してください。決して、乗り込んで来ないように」

「藤太親分。そなた……」

死ぬ気だなという言葉は口から出なかった。

「東次郎さん。あっしたちに任せておくんなせい」

勝蔵は言ってから笑みを浮かべた。死を覚悟している笑みだとわかった。


翌日の夜、五つ半（午後九時）をまわっていた。東次郎は『山川屋』の庭に忍び込み、植込みの中に身をひそめていた。

月が雲間に隠れ、辺りは闇に包まれた。冷気が足元から全身に襲いかかる。

藤太と勝蔵が母屋に向かったところだった。

ゆうべ、父と兄と話し合った。勘定奉行の財部が父をやめさせようと画策をはじめたらしい。大きな工事の計画があるようだ。その工事で儲けを企んでいる連中が、邪魔な父を排除しようとしているのだ。

もはや、猶予はなかった。財部の陰謀を成功させるには材木問屋としての山川屋の力が大きい。つまり、山川屋さえいなければ、財部の陰謀は頓挫するはずだ。だが、東次郎が手出しは出来ない。

藤太と勝蔵が代わりに討ってくれるのだ。いくら、ふたりにとって仲間の復讐とはいえ、何も手助けをしなくていいのか。東次郎はまだ迷っていた。

ふたりが母屋に入ってから四半刻（三十分）経った。突然、母屋から悲鳴が聞こえた。東次郎は聞き耳をたてた。

「旦那さま」

という声とともに腹部を押さえた山川屋が座敷から転がり出るように、廊下に現れた。番頭が庭に飛び下り、喚きながら離れに向かった。財部の家来の剣客を呼びに行ったのだ。

黒い布で頬被りをした藤太と勝蔵が匕首を構えて山川屋に迫った。

「山川屋。仲間の仇を討たせてもらうぜ」

藤太が匕首を構えて山川屋に迫った。

「鹿島の藤太か」

山川屋が苦しげな声を出した。

「待て」

　武士が駆けつけて来た。

　だが、武士のほうを見向きもせず、藤太は山川屋に突進した。匕首の刃先は山川屋の心の臓に突き刺さった。

　山川屋の絶叫が夜の静寂に轟いた。

「きさま」

　恰幅のよい武士が抜刀し、藤太に斬りかかった。勝蔵は匕首を脇に構えてその武士に向かって突き進んだ。

　勝蔵の匕首が武士の脇腹に突き刺さったとき、もうひとりの武士が勝蔵を背後から斬った。勝蔵がのたうちまわった。

「勝蔵」

　藤太が叫んだ。

　ふたりの武士が藤太に迫った。

　東次郎は刀の柄に手をかけ、飛び出そうとした。だが、その手を摑まれた。

「いけませんぜ。行ってはだめです」

　黒い布で顔を覆った男だ。藤太たちのほうに気をとられ、男が近付いていたのにまったく気づかなかった。

「離せ」

「いけません」

男は東次郎の手を摑んではなさない。

「ここで出て行ったらどうなりますか。相手は財部の家来ですぜ」

東次郎ははっとした。

もし、ここで東次郎が出て行ったら、父の失脚の口実を財部に与えることになりかねない。盗賊鹿島の藤太と組んで山川屋に押し入った賊として、東次郎は罰を受けることになる。

「これでいいんだ」

藤太はそう叫びながら武士に向かって行った。武士が上段から剣を斬り下ろした。

眉間が割れ、藤太はばったり倒れた。

「藤太親分。許してくれ」

植込みの中から東次郎は詫びた。

廊下に倒れている山川屋の息が絶えていることは、ここからでもわかった。そして、藤太と勝蔵もぴくともしなかった。

翌日の早暁、東次郎は小舟町のおみよの家を出て橋場に急いだ。気が重かった。だが、おつたに、昨夜のことをありのままに告げなければならない。

半刻（一時間）余りで、橋場に到着した。

隠れ家の格子戸を叩く。東次郎は胸が締めつけられそうになった。

やがて、内側から戸が開いた。

おつたは緊張した顔で、東次郎を中に招じた。

居間で向かい合ってから、東次郎は思い切って切り出した。

「ゆうべ、藤太親分と勝蔵さんは『山川屋』に忍び込み、山川屋に復讐することに成功した。だが、その直後、居合わせた侍に斬られた」

おつたは黙って聞いていた。

「ふたりは立派に仲間の仇を討った」

「覚悟はしてました」

おつたはやっと口を開いた。

「この家を出るとき、あのひとは私にこう言いました。もう、会うことは出来ないが、俺のぶんまで長生きしろと。あのひとは最初から死ぬ気でした」

「うむ。立派な最期だった」

東次郎は目を閉じた。瞼の裏に、これでいいんだと叫んだ藤太の姿を浮かべた。

「これから、どうなさる?」

「生まれ故郷の佐野に帰ろうと思います。幸い、うちのひとが残してくれたお金があります。商売をしながら、うちのひとや勝蔵さんたちの冥福を祈って生きて行きます」

「それがいいだろう」

鹿島の藤太の情婦だと見破られる前に江戸を離れたほうがいいのだ。

「では、私は……」

東次郎は腰を浮かせた。

「東次郎さま」

おつたが呼び止めた。

「何か」

東次郎はおつたの目に涙を見た。

「じつは、私のお腹にややこが」

「なんと。藤太親分の子か」

「はい」

「そのことを、藤太親分は？」

「知りません」

「そうか。知らなかったのか」

なぜ、言わなかったのか。もし、そのことを知っていたら、藤太は復讐を諦め、おつたとややこのために生きる決断をしたかもしれない。

いや、藤太のことだ。それでも、仲間の復讐を果たしたかもしれない。今となっては、何を考えても詮ないことだ。

「ややこを大事にな」

そう言い、東次郎はおつたの家を出た。


一刻（二時間）後、東次郎は駿河台の火盗改めの頭の板倉三蔵の役宅を見通せる場所に立っていた。

ようやく、根津鯉太郎が脇門から出て来た。同役といっしょだったが、東次郎に気づくと同役に何か囁いていた。

東次郎は神田川のほうに足を向けた。鯉太郎が追って来た。

「工藤源内の件はうまく始末出来たのか」

「はい。なんとか、張り込み先で急の病のために亡くなったことにしました。ご妻女にも、そうお伝えしました」

「そうか。ご妻女どのの様子は？」

「ずいぶん冷めておいででした。源内さまが張り込み先で急の病のために亡くなったとお伝えしたところ、張り込み先とは女のところですねと仰りました」

「女がいることに感づいていたのだな」

「そのようです」

「おかしらには正直に話したのだな」

「はい。おかしらからよくとっさに機転をきかして対応したと褒められました。これも、東次郎さんのおかげです」

「そうか。これでよかったかのかどうかわからないが……」

「火盗改めの名誉を汚さずに済みました。これしか方法はなかったと思います」

鯉太郎は苦い顔で言う。

「だが、事件の真相はすべて闇に葬られた。『飛驒屋』と宮大工の棟梁の家の押込みは鹿島の藤太一味の仕業にされたままだ」

東次郎はやりきれないように言う。

「すみません。向こうで仲間が待っていますので」

「うむ。また、道場で会おう」

「はっ。失礼します」

去って行く鯉太郎を見送ってから、なんとなくやりきれない思いを胸に抱えながら、東次郎は小舟町に足を向けた。

今の東次郎の虚しい心を救ってくれるのはおみよしかいない。東次郎は覚えず急ぎ足になった。

五

ふつか後の夜、栄次郎は御徒目付の兄栄之進に呼ばれた。

兄の部屋に入り、差し向かいになった。

「一昨日の夜、材木問屋『山川屋』に鹿島の藤太と勝蔵が押し入り、山川屋文五郎を殺したということだ」

「山川屋は自業自得でしょう。鹿島の藤太にしても、生きていてもこれまでさんざん重ねてきた罪に苦しむだけ。これでよかったのかもしれません」

栄次郎はため息混じりに言った。

「藤太と勝蔵のふたりを討ち果たしたのは、居合わせた勘定奉行の財部さまの家来だというのだからな」

「やはり、財部さまと山川屋は親しい間柄だったのですね」

「うむ。同じ材木問屋の『飛騨屋』が押込みに襲われてから不安になり、浪人を用心棒に雇ったが、この浪人の様子もおかしいという山川屋の相談を受けた。それで、腕の立つ家来を数日間だけ貸してやったと財部さまは御目付に話されたそうだ」

「その間に、用心棒の浪人が盗賊になって襲いかかったり、鹿島の藤太が襲撃したりしたというわけですか」

「そういうことになるな。だが、家来を貸し出すほど親しい関係ということ自体、大きな問題だ。この点は、さらなる申し開きが必要となろう。必然的に、現在の作事奉行坂本東蔵との関係に目が行かざるを得ない。財部どのは、上野寛永寺の本堂改修工事の遅れを坂本どのの怠慢と決めつけ、罷免を願い出ているということだからな」

兄はいっきに話してから、

「山川屋が死んだ今となっては、両者の利害誘導の関係を証明することは、残念ながら難しい。死人に口なしで、財部さまの言い分をそのまま受け入れるしかない」

と、ため息をついた。

「だが」

と、兄はすぐに生気を漲《みなぎ》らせた。

「山川屋が死に、財部どのの企みは頓挫しそうだ」

「企みと申しますと、あらたな御殿の造営ですね」

「そうだ」

深川の十万坪といわれる原野に、将軍の別邸を造るという計画が進んでいたという。その造営に使う材木の調達を『山川屋』にすべて任せる。それで得た莫大な利益の分け前を財部は受け取ることになっていた。

もちろん、これは勘定奉行が独断で出来るものではない。老中の何人かと結託してのことだったと、兄は言った。

「山川屋が死んで、材木の調達の際の不正が出来なくなった。これで、別邸造営の話も立ち消えになるかもしれない。そもそも、なぜ造る必要があるのかという疑問もあった」

もし、山川屋の賄賂を作事奉行の坂本東蔵が受け取っていたら、別邸の造営計画はあっという間に進められただろう。

堅物の坂本東蔵によって、財部や老中、それに山川屋の野望は潰されたのだ。

「財部さまやご老中の責任は問えるのでしょうか」

「いや。無理だ。確たる証拠がない。だが、これで別邸造営の話は立ち消えそうだ。仮に、進められても財部さまにうま味はないだろう」

「そうですか。これで、坂本東次郎どのも安心して、稽古に打ち込めるようになるでしょうね。よかった」

栄次郎は素直に喜んだ。

翌日、栄次郎が元鳥越町にある師匠の家に行くと、師匠の唄声と三味線の音が聞こえて来た。

旅の衣は鈴懸の　旅の衣は鈴懸の　露けき袖やしおるらん……

土間に立ったまま、栄次郎は聞きほれた。三味線の音が止んで、栄次郎ははっとした。

やがて、師匠の声ともうひとりの声が聞こえた。

夢中で部屋に上がり、栄次郎は師匠に呼びかけた。

「師匠、よろしいでしょうか」

「ああ、吉栄さんですね。どうぞ」

「失礼します」

栄次郎は稽古場になっている居間に行った。

見台をはさんで師匠と差し向かいになっていた男が振り向いた。

「坂本さま」

栄次郎は覚えず声を上げた。

「吉栄さん。長い間、稽古を休んでいてすまなかった。今、師匠にもお話し申し上げたが、明日から稽古に顔を出すことになった」

「そうですか。それはよかった」

「いろいろ心配かけてすまなかった」

「いえ、吉次郎さんが稽古出来るようになってよかった」

栄次郎はしみじみ言う。

「吉栄さん」

師匠が声をかけた。

「市村座の初日まであとわずか」

「師匠。わかっています。立三味線は吉次郎さんにやっていただきたく思います」

栄次郎は先回りして言った。

「師匠。困ります」

東次郎は辞退した。

「長い間、稽古を休み、勘も狂っております。とうてい、立三味線どころか舞台には立てません」

「いえ、今聞いておりました。少しも落ちていません。師匠、私からもお願いいたします。吉次郎さんに立を」

栄次郎は真顔で頼んだ。

「わかりました」

師匠は微笑んでから、東次郎に顔を向け、

「あと数日あれば、勘は取り戻せます。どうか、市村座の舞台をお願いいたします」

と、軽く頭を下げた。

「師匠。もったいない。吉栄さん、ありがとう」

「とんでもない。そのほうがいいから申し上げているだけですから」

栄次郎は清々《すがすが》しい気持ちで言った。

栄次郎が稽古を終えるのを、東次郎は待っていた。

ふたりで、師匠の家を出た。

ふたりはしばらく無言で歩き、武家地を抜けて向柳原を過ぎた。そして、神田川に出たとき、ようやく東次郎が口を開いた。

「あのとき、そなたも『山川屋』にいたのか」

「なんのことでしょうか」

「とぼけなくてもいい」

東次郎が真顔で言った。

「あのとき、引き止められなかったら、俺は鹿島の藤太を助けに飛び込んでいた。引き止めてくれた男は新八ではないのか」

「…………」

「いくら藤太のほうに気をとられていたとはいえ、気配を消して近づけるのは新八しかいない。違うか」

「新八の素性をご存じでしたか」

「盗人だということはわかっていた。あの身のこなしは相模の分限者《ぶげんしゃ》の伜とはとうてい思えなかった」

「そうですか。ご存じでしたか。でも、今は足を洗っています」

「そうらしいな」

東次郎は応じてから、

「話を戻そう」

と、言った。

東次郎は川っぷちに立ってから振り返った。

「新八に、俺が飛び出して行きそうだったら止めろと頼んだのであろう。新八ひとりの考えで、そこまで気がまわるはずはない。違うか」

「すみません」

栄次郎は素直に頭を下げた。

「謝る必要はないさ。改めて礼を言う」

「いえ」

「そなたは何度か、小舟町に訪ねて来たそうだな」

「はい。申し訳ありません」

「いつから、俺のことに気づいたのだ？」

「火盗改めの工藤源内という与力が病死したと聞いたとき、ふと疑問を感じたのです。その前に、鹿島の藤太一味の隠れ家を急襲し、一味を捕らえた立役者が工藤源内だと聞いていました。鹿島の藤太は『飛驒屋』と宮大工の棟梁の家に押し込んだとされていた盗賊の頭です。でも、その押込みに何かからくりがあるように思えてならなかった……」

「そうか。そなたも調べていたのか」

「はい。東次郎さんの周辺を調べていて、いろいろわかってきました。山川屋のことも、そのひとつです。で、工藤源内の病死に疑問を抱いたのは、死んだ場所が日本橋久松町の知り合いの家だということからです。それで、その家のおゆきという女に会いに行きました。火盗改めから口止めされていたようでしたが、ようやく硬い口を開いてくれました」

「そうか。その頃から、俺の動きもわかっていたのか」

「はい。そんな中、幕閣の中に、深川十万坪に将軍の別邸を造営しようとする動きがあることを聞いて、山川屋の賄賂を拒絶した坂本東蔵さまを作事奉行から引きずりおろすための陰謀が働いていると気づきました」

か」

「そうか」

東次郎は苦笑して、

「俺ひとりで悪と立ち向かって来たつもりでいたが、影でそなたに支えられていたのか」

と、呟くように言った。

「私は何もやっていません。すべて、東次郎さんの後追いでしたから」

「しかし、老中と勘定奉行が結託していたことなど、我らにはわからぬこと。それを調べ上げたのは、そなたの力ではないのか」

「滅相もありません。私にそんな力はありません」

「そうかな」

東次郎は笑みを浮かべ、

「いずれにしろ、助かった。改めて、礼を言う」

「でも、よかった。市村座に間に合って」

「諦めていたんだが、よかった」

東次郎は満足そうに言い、

「これから、幾つか用を足してこなければならない。後日、ゆっくり語り合おう。そうだ、今度、端唄を教えてくれないか」

「端唄ですって」

「聞かせてやりたい連中がいるんだ。木場の川並だ」

「わかりました。いいですよ」

東次郎は新《あたら》シ橋を渡って行った。

栄次郎はそのまま神田川沿いを通って明神下に向かった。

長屋の木戸をくぐり、新八の住いの前に立った。留守かもしれないと思いながら、腰高障子に手をかけた。

新八は珍しく寝込んでいた。

「新八さん、どうしたんだ？」

「ああ、栄次郎さんですかえ。面目ねえ、熱があるらしく、体がだるくて……」

半身を起こした新八の顔が赤い。

「こいつはいけない。医者には見せたのか」

「へえ。二、三日は安静にしていろと言われました」

「いいから、横になって。冷たい水を汲んでこよう」

栄次郎が桶を探しに立ち上がったとき、戸が開いて若い女が桶を持って入って来た。

女は栄次郎に会釈をし、部屋に勝手に上がった。そして、手拭いを水につけて絞ってから、新八の額にあてがうように置いた。

栄次郎は言葉を失っていた。どう見たって、看病をしているのだ。

「栄次郎さん、おすなさんだ。こちら、いつも話している栄次郎さんだ」

新八が引き合わせた。

「おすなです」

おすなは丁寧にあいさつする。二十二、三歳の愛くるしい目をした女だ。

「よく行く呑み屋の娘さんです。心配して来てくれましてね」

「そうですか。栄次郎です。これなら安心です。おすなさん、新八さんのこと、よろしくお願いいたします」

「はい」

おすなは明るい声で応じた。

「では、私は引き上げます」

栄次郎は立ち上がった。

「あっ、何かお話しでもあったんじゃないですかえ」

「そうでした。じつは、きょう師匠のところに行ったら東次郎さんがいらしてました。

また、稽古をはじめるそうです。市村座にも出演出来るということです」

「そうですか。そいつはよかった」

「あの夜のことで、礼を言ってました。引き止められたことを感謝していました。それから、新八さんだと気づいていました」

「そうですかえ」

「無事に片がつきました。じゃあ、私は」

「今、お茶でも」

おすなが栄次郎を引き止めた。

「いえ、これから行くところがありますから」

栄次郎は路地に出てから笑みがもれた。新八に似合いの女だと思った。

夕方になって、栄次郎は薬研堀の元柳橋の袂にある料理屋『久もと』の門を入った。

すでに、座敷には岩井文兵衛が来ていて、女将を相手に酒を呑んでいた。

「このたびはいろいろありがとうございました」

栄次郎は礼を述べた。

「いや。私は何もやってはいない。ただ、筆頭老中にお目にかかり、栄次郎どのの懸念をお伝えしただけ」

「いえ、そのおかげで勘定奉行の財部さまの企みが露顕いたしました」

「いや、かえって老中も喜んでいた。もし、あのままであれば、十万坪に無駄な館を造営するために莫大な金が費やされ、あまつさえその一部が悪巧みの連中の懐に入るところだった。それが阻止出来たのだ」

文兵衛は上機嫌で言った。

「もうそのような無粋な話はやめにして、今宵は大いに呑み、唄おうではないか。栄次郎どのの糸で唄うのは久し振りだ」

文兵衛は端唄を得意とし、芸者の三味線で唄っていたが、最近では栄次郎の糸で唄うのを楽しみにしていた。

文兵衛は眉が濃くて鼻梁が高い。五十前後だが、若々しく、それでいて年輪を重ねた男の渋みが滲み出ている。そこはかとなく漂わせる男の色気のようなものが文兵衛にはあった。

しばらく酒を酌み交わしていたが、

「そういえば、栄次郎さんは今度の市村座にお出になられるのですよね」

と、女将がきいた。

「ええ、長唄の『安宅の松』を弾くことになっています」

「行かせていただきますわ」

女将が待ち遠しそうに言った。

「御前さまは芝居小屋には？」

傍らの芸者がきく。

「いや。わしはもっぱらこういう席で唄うほうがいい。よし、そろそろ、やるか」

文兵衛は張り切っていた。

その夜、文兵衛にせがまれるままに栄次郎は端唄を幾つも弾いた。


外は風が冷たく、凍えそうな陽気だが、市村座の中は満員の見物人の熱気に包まれていた。

舞台の背後に横一列に唄や伴奏をする地方が並んでいる。三味線の他に笛や太鼓の鳴り物も入っている。

立唄は杵屋吉右衛門に数人の唄い手、立三味線に杵屋吉次郎こと坂本東次郎、脇三味線は栄次郎だった。

立方の役者は弁慶の扮装である。

幕が開くと、見物人からやんやの喝采が起こった。

客席の立ち見の席から吉次郎という声がかかった。隣の東次郎は微かに微笑んだ。声を上げたのは大男だ。

「深川の川並の連中だ。来てくれたのか」

東次郎が感激したように呟いた。

「よし、行くぞ」

はっと声を出し、東次郎は撥を叩いた。

旅の衣は鈴懸の　旅の衣は鈴懸の　露けき袖やしおるらん……

師匠吉右衛門の声が朗々と響いた。

東次郎といっしょに舞台に立てたことを喜びながら、栄次郎は三味線を弾いていた。

時代小説

二見時代小説文庫

火盗《かとう》改《あらた》めの辻《つじ》 栄《えい》次《じ》郎《ろう》江《え》戸《ど》暦《ごよみ》9

著者 小杉健治《こすぎけんじ》

発行所 株式会社 二見書房
東京都千代田区三崎町二－一八－一一
電話 〇三－三五一五－二三一一［営業］
〇三－三五一五－二三一三［編集］
振替 〇〇一七〇－四－二六三九

印刷 株式会社 堀内印刷所
製本 ナショナル製本協同組合

 ISBN978－4－576－13010－1
http://www.futami.co.jp/